To.

From.

은하철도의 밤

은하철도의 밤

미야자와 겐지 지음
김경원 옮김

작가 소개

✦

미야자와 겐지(1896~1933)는 일본 근대 문학사에서 독보적인 환상 세계를 구축한 작가이자 시인이다. 이와테현 하나마키의 비교적 유복한 집안에서 태어났으나, 평생 가난한 농민들의 삶을 개선하려는 이상을 품고 살았던 실천적 구도자이기도 했다. 농업 전문 학교를 졸업한 뒤 농업 학교 교사로 재직하며 비료 설계와 토양 개량을 가르쳤고, 농민들과 함께 들판을 돌며 농촌 생활의 개선을 모색했다. 자연 속에서 얻은 농학적 경험과 공동체에 대한 사유는 그의 문학 세계를 지탱하는 중요한 토대가 되었다.

그의 작품 밑바탕에는 법화경에서 비롯된 생명 존중 사상과 기독교적 사랑과 희생의 윤리가 함께 흐른다. 이러한 사유는 별과 은하가 펼쳐진 우주 공간, 말을 하는 동물들, 자연의 힘이 살아 움직이는 세계 등 신비로운 환상 서사로 구체화되었다. 대표작 《은하철도의 밤》은 두 소년의 은하수 여행을 통해 삶과 죽음, 진정한 행복의 의미를 탐구하는 작품으로, 훗날 애니메이션 〈은하철도 999〉를 비롯한 여러 대중문화 작품에 영감을 준 것으로도 알려져 있다.

겐지는 생전에 시집 《봄과 아수라》와 동화집 《주문이 많은 요리점》을 출간했지만 문단의 큰 주목을 받지 못했다. 37세의 나이에 급성 폐렴으로 짧은 생을 마감한 뒤에야 그의 원고들이 정리되면서 작품 세계가 재조명되었다. 자연과 인간, 그리고 우주를 하나의 생명으로 바라보려 했던 그의 문학은 오늘날에도 전 세계 독자들에게 깊은 울림과 위로를 전하고 있다.

차례

작가 소개   *4*

은하철도의 밤

1   오후 수업   *10*

  2   인쇄소   *16*

    3   집   *20*

    4   켄타우로스 축제의 밤   *26*

   5   천기륜 기둥   *35*

6   은하 정거장   *39*

7   북십자성과 플라이오세 해안   *48*

8   새를 잡는 사람   *60*

9   조반니의 차표   *73*

옮긴이의 글   *133*

일러두기

- 모든 주석은 옮긴이 주다.
- 원고에서 읽기 어렵거나 소실된 글자, 공백으로 남아있는 부
  분은 본문에 별도로 표기하였다.

은하철도의 밤

1
오후 수업

"자, 여러분, 강 같기도 하고 젖이 흘러내린 자국 같기도 한 이 흐릿하고 희뿌연 것이 실은 무엇인 지 아십니까?"

선생님은 칠판에 걸어놓은 커다란 검은 별자 리 그림 가운데 희부옇게 보이는 별들의 띠를 위에서 아래로 가리키면서 아이들에게 물었습니 다.

캄파넬라가 제일 먼저 손을 들고 너덧 학생이 더 손을 들었습니다. 조반니도 손을 들려고 하다 가 얼른 그만두었습니다. 분명히 언젠가 저 띠는 모두 별이라고 잡지에서 읽은 적이 있었는데 말이지요. 요즈음 조반니는 매일 학교에 와도 졸음이 쏟아지기만 합니다. 그래서 책을 읽을 틈도 없을 뿐 아니라 읽을 책도 없어서 어쩐지 자신이 없어지고 하나도 모르겠다는 기분이 들었습니다.

그런데 선생님은 이미 조반니의 마음을 알아챈 모양입니다.

"조반니는 알고 있을 것 같은데."

조반니는 자리에서 벌떡 일어났지만, 정작 일어나고 보니 똑똑하게 대답할 수가 없었습니다. 앞에 앉은 자넬리가 조반니를 돌아보며 키득키득 웃었습니다. 조반니는 어쩔 줄을 몰라 얼굴이 새빨개졌습니다.

선생님이 다시 물었습니다.

"커다란 망원경으로 은하를 자세히 살펴보면 은하의 정체가 도대체 무엇일까요?"

은하는 분명히 별이라고 조반니는 생각했지만, 이번에도 곧바로 대답이 나오지 않았습니다.

선생님은 잠깐 곤혹스럽다는 듯 머뭇거리다

가 캄파넬라에게 시선을 돌리며 이름을 불렀습니다.

"자, 그러면 캄파넬라!"

그토록 힘차게 번쩍 손을 들었던 캄파넬라가 어쩐지 머뭇머뭇 일어선 채 대답을 못했습니다.

선생님은 뜻밖이라는 듯 한동안 캄파넬라를 물끄러미 바라보다가 서둘러 별자리 지도를 가리켰습니다.

"그러면, 됐어요. 흐릿하고 희뿌연 은하를 성능이 좋은 거대 망원경으로 살펴보면 수많은 작은 별들로 보인답니다. 그렇지요, 조반니?"

조반니는 얼굴이 새빨갛게 달아올라 고개를 끄덕였습니다. 조반니의 눈에는 어느새 눈물이 그렁그렁 차올랐습니다.

'그래, 난 알고 있었어, 물론 캄파넬라도 알고 있었고. 언젠가 캄파넬라 아버지인 박사님 집에서 캄파넬라와 함께 읽은 잡지에 그렇게 쓰여 있었어. 그뿐만 아니라 잡지를 읽고 나면 캄파넬라는 곧바로 아버지 서재에서 큼직한 책을 들고나왔지. 우리는 은하가 나오는 페이지를 펼쳐 놓고 새까만 페이지에 새하얀 점이 빼곡하게 흩뿌려진 듯한 아름다운 사진을 둘이서 한없이 넋을 잃고 들여다보았지. 그 일을 캄파넬라가 잊었을 리 없는데 왜 곧장 대답하지 못했을까. 요즈음 내가 아침저녁으로 고된 일에 시달리는 바람에 학교에 와도 아이들과 활기차게 어울리지 못하고 캄파넬라와 이야기도 별로 나누지 않으니까, 캄파넬라가 나를 안쓰럽게 여기고 일부러 대답하지 않은 거야.'

이렇게 생각하자 조반니는 자기 자신과 캄파넬라의 행동이 참을 수 없을 만큼 속상해서 견딜 수 없었습니다.

다시 선생님이 말했습니다.

"만약 은하수가 진짜 강이라고 가정해 보면, 은하수를 이루고 있는 작은 별 하나하나는 강바닥에 있는 모래알이나 자갈돌이라고 볼 수 있습니다. 또 이것을 거대한 젖의 흐름이라고 생각하면 은하수와 훨씬 더 비슷하겠지요. 그러면 별들은 모두 젖 안에 떠있는 미세한 지방 알갱이라고 할 수 있겠지요. 그렇다면 강물은 무엇일까요? 빛을 일정한 속도로 전달하는 진공으로 볼 수 있습니다. 태양이나 지구도 다 진공 속에 떠있습니다. 말하자면 우리도 은하수 어딘가에 살고 있다고 할 수 있어요. 마치 물이 깊을수록 물빛이 파랗게 보이듯, 하늘의 강 속에서 사방을 둘러보면 은하수 바닥이 깊고 멀수록 더 많은 별이 모여 있고, 그러니까 그만큼 희뿌옇고 흐릿하게 보이는 것입니다. 이 모형을 보세요.”

선생님은 반짝이는 모래 알갱이가 박힌 커다란 양면 볼록렌즈를 가리켰습니다.

“은하수는 딱 이렇게 생겼습니다. 여기 하나하나 빛나는 알갱이가 태양처럼 스스로 빛을 내는 별이에요. 태양이 바로 이 한가운데쯤 있고 그 옆에 지구가 가까이 있다고 할게요. 여러분이 밤

중에 여기 렌즈 한가운데 서서 렌즈 안을 둘러본
다고 상상해 보세요. 이쪽은 렌즈가 얇아서 빛나
는 알갱이, 그러니까 별이 조금밖에 보이지 않아
요. 하지만 이쪽이나 저쪽은 유리가 두꺼우니까
빛나는 알갱이, 그러니까 별이 엄청나게 많이 보
이고 멀리 있는 별은 흐릿하고 부옇게 보일 거에
요. 이것이 오늘날 우리가 얘기하는 은하설(銀河
說)이랍니다. 그렇다면 이 렌즈 크기는 어느 정도
인지, 또 렌즈 속에 있는 여러 가지 별에 대해서
는 오늘은 시간이 없으니까 다음 과학 시간에 이
야기해줄게요. 오늘은 은하 축제일이니까 여러
분은 바깥에 나가 밤하늘을 잘 올려다보세요. 자,
그러면 오늘 수업은 여기까지! 책과 공책을 집어
넣으세요."

　　교실 안은 잠시 책상 덮개를 여닫거나 책을 정
리하는 소리로 가득 찼습니다만, 학생들은 곧 선
생님께 공손하게 인사를 하고는 교실을 나섰습
니다.

2

인쇄소

조반니가 교문을 나설 때 같은 반 학생 예닐곱 명은 집에 돌아가지 않고 교정 한구석 벚꽃나무 밑에서 캄파넬라를 에워싸고 모여있었습니다. 오늘 밤 은하 축제에 파란 등불을 꾸며 강에 띄울 쥐참외(烏瓜)*를 따러 가자고 의논하는 것 같았습니다.

그렇지만 조반니는 팔을 휘휘 내저으며 보란 듯이 교문을 나섰습니다. 동네에서는 오늘 밤 은하 축제를 위해 주목(朱木) 잎사귀로 만든 뭉치를

---

* 박과의 여러해살이 덩굴풀.

매달기도 하고 노송나무 가지에 등불을 거는 등 사람들이 여러 가지를 준비하느라 바쁘게 움직였습니다.

조반니는 집으로 곧장 돌아가지 않고 세 번이나 모퉁이를 돌더니 어느 커다란 인쇄소로 들어갔습니다. 그리고는 입구 쪽 계산대 앞에서 헐렁한 하얀 셔츠를 입은 사람에게 인사하고는 신발을 벗고 들어가서 복도 맨 끝에 있는 큰 문을 열었습니다. 안에는 아직 훤한 대낮인데도 전등을 켜놓았습니다. 윤전기 여러 대가 드르륵 콰르쾅 쾅 돌아가고, 천으로 머리를 동여매거나 전등갓처럼 생긴 모자 쓴 사람들이 노래라도 부르듯 무엇인가 읽거나 셈을 하면서 분주하게 일하고 있었습니다.

조반니는 입구에서 세 번째에 놓인 높은 탁자에 앉아있는 사람에게 가서 인사했습니다. 그 사람은 잠시 선반을 뒤적거리다가,

"이 글자들만 골라서 찾아줄 수 있겠니?"

하면서 종잇조각을 건넸습니다. 조반니는 그 사람의 탁자 밑에서 조그맣고 납작한 상자를 꺼내들고, 전등이 잔뜩 켜져있는 맞은편 벽 구석에 쭈그리고 앉아 작은 핀셋으로 좁쌀만 한 활자를 하나씩 하나씩 골라 담기 시작했습니다. 긴 파란색 앞치마를 두른 사람이 조반니 등 뒤를 지나가면서,

"어이, 돋보기 군, 안녕하신가?"
하고 인사하자 가까이 있던 네댓 사람이 눈길도 주지 않고 소리도 내지 않은 채 싸늘하게 비웃었습니다.

조반니는 연신 눈을 비비면서 활자를 하나하나 골라냈습니다.

시계 종이 여섯 번 울리고 얼마 지나지 않아 조반니는 납작한 상자에 잔뜩 골라 담은 활자를 다시 한번 손에 든 종잇조각과 맞추어본 다음, 탁자에 있던 사람에게 들고 갔습니다. 그 사람은 잠자코 상자를 받아들더니 고개를 살짝 끄덕였

습니다.

　조반니는 인사를 하고 방문을 열고 나가 아까 지나친 계산대로 갔습니다. 그러자 하얀 셔츠를 입은 사람이 말없이 조그만 은화 한 닢을 조반니에게 내밀었습니다. 순식간에 표정이 밝아진 조반니는 웃는 얼굴로 기운차게 인사하고는, 계산대 밑에 놓아둔 가방을 들고 바깥으로 뛰어나갔습니다. 그러고는 씩씩하게 휘파람을 불며 빵집에 들러 빵 한 덩어리와 각설탕 한 봉지를 사들고는 쏜살같이 달리기 시작했습니다.

3

집

조반니가 부리나케 달려온 곳은 어느 뒷골목에 있는 초라한 집이었습니다. 나란히 늘어선 문 세 개 중 가장 왼쪽 문 앞에는 보라색 케일과 아스파라거스를 심은 상자가 있었고, 자그마한 창문 두 개에는 차양이 내려져 있었습니다.

"어머니, 저 왔어요. 몸은 좀 어떠세요?"

조반니가 신발을 벗으면서 말했습니다.

"조반니, 이제 오니? 고생했지? 오늘은 날씨가 선선해서 그런지, 몸이 훨씬 가뿐해졌어."

안으로 들어가자 현관 바로 옆방에 조반니의 어머니가 흰 이불을 덮고 누워있었습니다. 조반니가 창문을 열었습니다.

"어머니, 오늘은 각설탕을 사왔어요. 우유에 넣어드리려고요."

"그러니? 우선 너부터 마시려무나. 나는 아직 마시고 싶지 않구나."

"어머니, 누나는 언제 나갔어요?"

"음, 세 시쯤 됐을까. 집안일을 다 해놓고 갔지 뭐니."

"어머니 우유가 아직 오지 않았나요?"

"글쎄, 아직인가?"

"제가 가서 가져올게요."

"괜찮다, 난 천천히 먹어도 되니까 너부터 먹으렴. 거기 누나가 토마토로 뭔가 만들어놓고 갔으니까 어서 먹어."

"그래요? 그러면 좀 먹을게요."

조반니는 창문 옆에 놓인 토마토 접시를 가지고 와서 빵하고 같이 우적우적 먹었습니다.

"있잖아요, 어머니. 아버지는 틀림없이 곧 돌

아오실 거예요.”

“그렇지? 나도 그렇게 생각한단다. 그런데 너는 왜 그렇게 생각하니?”

“오늘 아침 신문을 보니까 올해는 북쪽에서 고기가 아주 많이 잡혔다고 쓰여 있었거든요.”

“그렇구나, 그래도 말이지, 아버지는 고기를 잡으러 나가신 게 아닐지도 몰라.”

“아니, 틀림없이 고기잡이를 나가셨을 거예요. 아버지가 감옥에 갇힐 만큼 나쁜 짓을 저지를 리 없잖아요. 요전에 아버지가 가지고 오셔서 학교에 기증한 거대한 게딱지랑 순록 뿔이랑 아직도 표본실에 있는걸요. 6학년 수업시간이면 선생님들이 번갈아 교실에 들고 가신다고요. 재작년 수학여행에서 [이하 몇 글자 공백]”

“아버지는 이번에 돌아올 때 너한테 해달 가죽으로 만든 웃옷을 가져다주신다고 했었지?”

“애들이 나만 보면 그 얘기를 하면서 놀려댄다니까요.”

"애들이 놀리는구나."

"네. 하지만 캄파넬라는 절대로 그런 말을 하지 않아요. 다들 그런 식으로 말할 때 캄파넬라는 안됐다는 듯한 표정을 지어요."

"아버지와 그 애 아버지는 어릴 적부터 친구였다고 하더구나. 마치 너희들처럼 말이야."

"그래서 아버지가 날 데리고 캄파넬라 집에도 가셨군요. 그때는 참 좋았어요. 저는 하굣길에 가끔 캄파넬라 집에 들렀어요. 그 애 집에는 알코올램프로 달리는 기차가 있었는데요. 레일을 일곱 개 연결하면 둥근 레일이 만들어졌어요. 전봇대랑 신호기도 달려있었고, 기차가 지나갈 때면 신호기 불빛이 파랗게 켜졌어요. 언젠가 알코올이 떨어져서 석유를 넣었더니 증기관이 새까맣게 그을리고 말았어요."

"그랬구나."

"지금도 매일 아침 신문을 돌리러 그 집에 가요. 그런데 언제나 집안이 쥐 죽은 듯 고요하기만 해요."

"이른 시간이니까 그렇지."

"자우엘이라는 개가 한 마리 있는데 꼬리가 꼭 빗자루처럼 생겼어요. 내가 가면 코를 킁킁거리면서 따라와요. 길모퉁이까지 따라온다니까요. 더 멀리 따라온 적도 있어요. 오늘 밤은 다들 쥐참외 등불을 띄우러 강으로 간다고 하니까 틀림없이 그 개도 따라가겠지요."

"맞다, 오늘 밤에 은하 축제가 열리지?"

"맞아요. 저도 우유 가지러 가면서 축제를 보고 올게요."

"그래, 다녀오너라. 강에는 들어가지 말고"

"저는 강둑에서 구경만 할 거예요. 한 시간 안에 돌아올게요."

"더 놀고 와도 괜찮아. 캄파넬라와 함께 가면 걱정하지 않을 테니까 말이야."

"꼭 같이 갈게요. 이제 창문을 닫을까요?"

"글쎄, 그래 주겠니? 이제 서늘하구나."

조반니는 일어나 창문을 닫고 접시와 빵 봉지를 치운 다음 서둘러 신발을 신었습니다.

"그러면 한 시간 반만 놀다가 돌아올게요."

조반니는 그렇게 말하고 어두운 출입구를 나섰습니다.

4
켄타우로스 축제의 밤

조반니는 쓸쓸하게 휘파람이라도 부는 듯 입을 오므리고 노송나무가 새카맣게 늘어선 언덕길을 내려갔습니다.

언덕 아래로 커다란 가로등이 희푸른 빛을 멋지게 내뿜으며 서 있었습니다. 조반니가 가로등 가까이 내려갈수록 귀신처럼 기다랗고 어렴풋하게 등 뒤에 드리우고 있던 거무튀튀한 그림자가 점점 더 짙고 또렷해지더니 다리를 들고 손을 흔들기도 하면서 조반니의 주위를 맴돌았습니다.

'나는 근사한 기관차야. 여기는 비탈이니까 빨리 달리지. 난 지금 막 가로등 아래를 지나쳤어.

그렇지, 내 그림자는 컴퍼스인가 봐. 이렇게 한 바퀴 빙 돌아서는 나를 앞질러 버렸어.'

이렇게 생각하면서 성큼성큼 가로등 아래를 지나갈 때, 갑자기 낮에 본 자넬리가 깃이 빳빳한 새 셔츠를 입고 맞은편 어두운 골목에서 나와 조반니를 휙 스치듯 지나갔습니다.

"자넬리, 쥐참외 등불을 띄우러 가?"

조반니가 이 말을 채 끝내기도 전에 그 아이는 냅다 뱉어내듯 뒤에서 외쳤습니다

"조반니는 아버지가 해달 가죽 웃옷을 가져다 준다고 했대요."

그 순간 조반니는 가슴이 얼어붙듯 싸늘해지고 속에서 위이잉 소리가 울리는 듯했습니다.

"무슨 소리 하는 거야? 자넬리!"

조반니는 소리 높여 되받아치려고 했지만 자넬리는 맞은 편의 편백나무를 심은 집 안으로 들어가 버렸습니다.

'난 아무 짓도 하지 않았는데 자넬리는 어째서

저런 말을 내뱉는 것일까? 달릴 때는 꼭 생쥐 같은 주제에 가만히 있는 내게 저런 말을 하면서 놀리는 건 녀석이 멍청하기 때문이야.'

조반니는 이런저런 생각을 쉴 새 없이 떠올리면서 다채로운 등불과 나뭇가지로 예쁘게 꾸며 놓은 거리를 지나갔습니다. 네온등이 밝게 켜져 있는 시계 가게 안에서는 돌로 만든 부엉이의 빨간 눈이 일 초마다 뱅글뱅글 바지런히 움직였습니다. 바다 빛깔을 띤 두꺼운 유리 원반 위에서는 온갖 보석이 별처럼 천천히 돌아갔으며, 구리로 만든 반인반마의 모습을 한 켄타우로스가 뒤에서 천천히 앞쪽으로 돌아오고 있었습니다. 유리 원반 한복판에는 파란 아스파라거스 이파리로 꾸민 둥글고 검은 별자리표가 있었습니다.

조반니는 넋을 잃고 별자리표 속으로 빠져들었습니다.

낮에 학교에서 본 별자리 그림보다는 훨씬 작았지만, 날짜와 시간에 맞추어 판을 돌리면 그때

볼 수 있는 밤하늘이 그대로 타원형 안에 나타났습니다. 또 그림 한가운데는 위에서 아래에 걸쳐 흐릿하고 부연 띠 모양으로 은하가 흘러 내리고 있었고, 그 아래쪽에서는 폭발이 일어나 희미하게 연기가 피어오르는 듯 보였습니다. 조 그 뒤쪽에는 세 개의 다리가 달린 작은 망원경이 노랗게 빛을 내고 있었고, 맨 뒤쪽 벽에는 신비로운 동물이나 뱀, 물고기, 물병 모양으로 별자리를 그려놓은 커다란 그림이 걸려 있었습니다

'참으로 전갈이나 용사가 이렇게 잔뜩 하늘에 자리 잡고 있을까? 아, 저기 별이 가득한 곳을 한없이 걸어보고 싶구나.'

조반니는 이렇게 생각하며 잠시 멍하니 가게 앞에 서 있었습니다.

그러다가 어머니께 우유를 가져다드려야 한다는 생각이 퍼뜩 떠올라 시계 가게 앞을 떠났습니다. 어깨가 꽉 끼어 불편한 웃옷 때문에 신경이 쓰였지만 짐짓 가슴을 활짝 펴고 팔을 내저으

며 거리를 걸어갔습니다.

쨍하니 드맑은 공기는 마치 물 흐르듯 가게들 안으로 흘러들었고, 가로등은 새파란 전나무나 졸참나무 가지로 장식되어 있었습니다. 전기회사 앞에 있는 플라타너스 여섯 그루에는 꼬마전구가 수없이 달려 있어서 마치 인어의 도시처럼 보였습니다. 아이들은 다림질로 날을 세운 옷을 입고 <별자리 노래>를 휘파람으로 부르기도 하고, "켄타우로스, 이슬을 내려다오.*" 하고 외치면서 뛰어다녔습니다. 다들 파란 마그네시아** 불꽃을 쏘아 올리면서 즐겁게 놀았습니다. 그렇지만 조반니는 고개를 푹 숙이고 떠들썩한 분위기와 전혀 어울리지 않는 생각에 잠겨 우유 가게로 발걸음을 서둘렀습니다.

---

* 미야자와 겐지가 만들어낸 말로, 은하 축제에서 외는 주문으로 알려져 있다.
** 마그네슘을 산화시켰을 때 생기는 흰색의 가루. 도가니, 시멘트를 만들 때나, 내화 재료, 의약품으로 쓰인다. 화학식은 MgO이다.

이윽고 조반니는 마을에서 멀리 벗어나 미루나무들이 밤하늘을 향해 높이 뻗어있는 곳에 이르렀습니다. 그리고는 우유 가게의 검정색 문을 열고 들어가 젖소 냄새가 풍기는 어둑한 부엌 앞에서 모자를 벗어들었습니다.

"안녕하세요?"

조반니는 인사를 했지만, 휑뎅그렁한 집 안에는 아무도 없는지 기척이 없었습니다.

"저기, 아무도 안 계세요?"

조반니는 등을 펴고 다시 외쳤습니다. 시간이 얼마쯤 지나서야 나이 지긋한 여자가 몸이 아프기라도 한 듯 비척비척 걸어 나와서는 무슨 일이냐고 우물거리듯 물었습니다.

"저, 오늘 우리 집에 우유 배달이 오지 않아서 직접 받으러 왔어요."

조반니가 또박또박 잘 들리도록 용건을 말했습니다.

"지금 아무도 없어서 잘 모르겠구나. 내일 다

시 와주겠니?"

노파는 불그스름한 눈언저리를 비비면서 조반니를 내려다보며 말했습니다.

"어머니가 편찮으셔서 오늘 꼭 우유를 드셔야 해요."

"그러면 조금 있다가 다시 오렴."

노파는 어느새 등을 돌리고 안으로 들어가 버릴 태세였습니다.

"할 수 없지요. 감사합니다."

조반니는 고개숙여 인사를 하고 우유가게를 나왔습니다.

사거리의 골목 모퉁이를 돌아가려고 할 때, 건너편 다리로 가는 쪽 잡화점 앞에 검은 그림자와 희부연 셔츠가 마구 뒤섞여 있는 것이 보였습니다. 아이들 예닐곱 명이 휘파람을 불거나 웃으면서 저마다 쥐참외 등불을 들고 다가왔습니다. 귀에 익은 웃음소리와 휘파람 소리였습니다. 같은 반 친구들이었습니다. 조반니는 자기도 모르게 흠칫 놀라 되돌아가려고 하다가 생각을 고쳐먹고 보란 듯이 그쪽으로 걸어갔습니다.

"너희들 강으로 가는 거냐?"

이 말이 목에 걸려 제대로 나오지 않는다고 느꼈을 때 아까 마주친 자넬리가 또 다시 소리쳤습니다.

"조반니는 해달 가죽 웃옷을 받는대요!"

그러자 금세 다들 덩달아 소리쳤습니다.

"조반니는 해달 가죽 웃옷을 받는대요!"

조반니는 얼굴이 새빨개져서는 허둥지둥 서둘러 지나치려고 했습니다. 그런데 마침 아이들 틈에 섞인 캄파넬라가 눈에 들어왔습니다. 캄파넬라는 안됐다는 듯한 눈길로 조용하게 미소를 지으며 조반니가 화가 나지는 않았나 눈치를 살폈습니다.

조반니는 캄파넬라의 눈길을 피해 도망치듯 빠른 걸음으로 키가 큰 캄파넬라 옆을 지나쳤고 뒤이어 아이들이 일제히 휘파람을 불었습니다.

길모퉁이를 돌아갈 때 뒤를 돌아보았더니 자넬리도 뒤를 돌아 자기를 쳐다보는 것이 아니겠습니까. 캄파넬라와 아이들은 휘파람을 소리 높여 불면서 멀리 보이는 저편 다리 쪽으로 걸어가 버렸습니다.

조반니는 말할 수 없이 서글픈 마음이 들어 냅다 달리기 시작했습니다. 그러자 손으로 귀를 막고 와아와아 소리치며 한쪽 다리로 콩콩 뛰어놀던 꼬마들이 조반니가 재미있어서 뛰는 줄 알고 더 크게 소리를 질러댔습니다. 머지않아 조반니는 어둑한 언덕 쪽으로 발길을 서둘렀습니다.

5

천기륜 기둥*

목장 뒤편에는 완만한 언덕이 있었는데, 북쪽 하늘의 큰곰자리 아래로 거무스름하고 평평한 언덕마루가 여느 때보다 나지막하게 늘어서 있었습니다.

조반니는 벌써 이슬이 맺히기 시즈한 숲속 좁다란 샛길을 거침없이 올라갔습니다. 깜깜한 풀숲과 갖가지 모양의 무성한 덤불 사이로 새하얀 별빛 한 줄기가 비치자 오솔길이 하얗게 드러났

---

* 미야자와 겐지의 조어. 구체적으로 무엇을 가리키는지에 관해서는 여러 주장이 있다. 불교에서 유래한 구조물, 종교적 개념, 천문 현상 등 세 범주로 나눌 수 있다.

습니다. 덤불 속에는 반짝반짝 파랗게 빛을 내는 작은 벌레들 때문에 파르스름하게 빛나는 풀잎을 보고, 조반니는 좀 전에 아이들이 들고 간 쥐참외 등불 같다고 생각했습니다.

어두침침한 소나무와 졸참나무 숲을 지나가자 갑자기 휑하게 하늘이 펼쳐졌습니다. 은하수가 희읍스름하게 남쪽에서 북쪽으로 기다랗게 흐르는 것이 보였고, 꼭대기에 있는 천기륜 기둥도 똑똑히 알아볼 수 있었습니다. 꿈속에서도 향기가 가득 감돌 것처럼 초롱꽃인지 들국화인지 모를 꽃이 여기저기 지천으로 피어있었고, 새 한 마리가 지저귀며 언덕 위를 날아갔습니다.

조반니는 언덕 꼭대기에 있는 천기륜 기둥 아래에 다다르자 숨이 차서 헐떡거리는 몸을 차가운 풀밭에 내던졌습니다.

마을의 불빛은 마치 바닷속 궁전의 경치처럼 어둠 속을 밝히고 있었고, 아이들 노랫소리, 휘파람 소리, 외치는 소리가 토막토막 희미하게 들려왔습니다. 멀리서 불어오는 바람이 밀려와 언덕 위 풀밭이 조용히 살랑거리자 땀에 젖은 조반니의 셔츠도 차가워졌습니다. 조반니는 멀리멀리 거무스름하게 펼쳐진 마을 변두리의 들판을 바라보았습니다.

그때 들판에서 기차 소리가 들려왔습니다. 일렬로 늘어선 열차의 작은 창문이 조그맣고 빨갛게 보였습니다. 저 기차 안에서 수많은 여행객이 사과를 깎기도 하고 웃음을 지으며 여행을 즐기고 있을 것이라는 생각이 들자, 조반니는 이루 말할 수 없이 슬픔이 몰려와 다시금 하늘로 눈길을 돌렸습니다.

'아아, 저 하늘의 희뿌연 띠가 모조리 다 별이구나!'

하지만 아무리 올려다보아도 하늘은 낮에 선생님이 말씀하신 것처럼 휑뎅그렁하고 차가울 것 같지 않았습니다. 아니, 오히려 바라보면 바라볼수록 하늘은 작은 숲이나 목장이 있는 들판 같기만 했습니다. 조반니는 푸른 거문고자리 별이 세 개가 되고 네 개로 늘어나 깜박깜박 반짝거리다가, 몇 번씩이나 다리를 폈다 움츠리더니 마침내 버섯처럼 길게 늘어나는 것을 보았습니다. 또한 바로 아래쪽으로 내려다보이는 마을도 수많은 별 무리가 뭉쳐진 거대하고 으스름한 연기 같다고 생각했습니다.

6

은하 정거장

조반니는 바로 등 뒤에 있는 천기륜 기둥이 언제부터인지 흐릿한 삼각표로 바뀌어 한동안 반딧불처럼 깜박이는 것을 보았습니다. 그것은 점점 더 또렷해지더니 이윽고 깜박이기를 멈추고 짙은 청동빛 하늘 벌판에 우뚝 섰습니다. 지금 막 구워낸 청색 동판* 같은 하늘 벌판에 시원스레 뻗어 오른 것입니다.

그때 어디선가 정체 모를 목소리가,

"은하 정거장, 은하 정거장!"

---

* 구리를 이용하여 널빤지 모양의 판을 만들고, 그 위에 그림이나 글자를 새긴 인쇄용 원판.

하고 외치는가 싶더니 불현듯 눈앞이 번쩍 밝아
졌습니다. 마치 불똥꼴뚜기* 수억 마리의 빛을
한꺼번에 화석으로 만들어 하늘에 박아넣은 듯,
또는 다이아몬드 회사에서 값이 떨어지지 않도
록 일부러 채광을 멈춘 척하고 숨겨두었던 다이
아몬드를 누군가 순식간에 파내어 마구 뿌려댄
듯, 눈앞이 화하고 밝아지는 바람에 조반니는 자
기도 모르게 연거푸 눈을 비벼댔습니다.

정신을 차려보니 조반니가 타고 있는 작은 열
차가 아까부터 덜컹덜컹 덜컹덜컹 소리를 내며
계속 달리고 있었습니다. 조반니는 정말로 경편
철도** 위를 달리는 밤 열차 안, 조그만 노란 전
등이 매달려 있는 객실에 앉아 창 너머로 바깥을
구경하고 있었습니다. 파란 융단을 씌운 객실 안
의자는 거의 텅 비어있었고, 쥐색 니스를 칠한

---

*   반디오징어 또는 반딧불오징어의 다른 이름. 어획할 때 반
      딧불이처럼 파란 빛을 낸다.
**   통행하는 기관차와 차량의 크기가 작고 궤도의 너비도 좁
      은 철도.

맞은편 벽에는 놋쇠로 만든 커다란 누름단추 두 개가 빛나고 있었습니다.

그런데 바로 앞자리에 물에 젖은 듯한 까만 옷을 입은 키 큰 소년이 창밖으로 고개를 내밀고 바깥을 보고 있는 것이 눈에 띄었습니다. 아무래도 어깨 모양이 낯익은 듯하다고 느껴지자 누군지 궁금해서 참을 수 없어졌습니다. 조반니도 창밖으로 얼굴을 내밀어 소년의 얼굴을 보려고 할 때 돌연 그 아이가 머리를 집어넣고 이쪽을 쳐다보았습니다.

바로 캄파넬라였습니다.

"캄파넬라, 너 아까부터 여기에 있었던 거야?"

조반니가 말을 걸려고 하는 순간, 캄파넬라가 먼저 이렇게 말했습니다.

"다들 죽어라 달렸는데도 기차를 놓치고 말았어. 자넬리도 힘껏 뛰었지만 기차를 따라잡을 수 없었지."

'그렇구나, 우리는 지금 함께 가자고 해서 이

렇게 떠나온 거였지.'

조반니는 마음속으로 이렇게 생각하면서 물었습니다.

"그러면 어디쯤에서 아이들을 기다려볼까?"

그러자 캄파넬라가 말했습니다.

"자넬리는 벌써 집에 갔어. 아버지가 데리러 오셨거든."

이렇게 말하는 캄파넬라는 무슨 까닭인지 모르겠으나 안색이 창백하고 괴로운 듯 보였습니다. 조반니도 괜스레 어딘가에 뭔가를 잊어버리고 온 듯 묘한 기분이 들어 입을 다물고 말았습니다.

하지만 캄파넬라는 창문으로 바깥을 내다보면서 다시 기운을 되찾은 듯 씩씩해져서는 쾌활하게 말했습니다.

"아차, 어쩐다……, 나, 물통을 깜박했어. 스케치북도 안 가져왔고 말이야. 하지만 상관없어. 이제 곧 백조 정거장이니까. 아, 백조를 볼 수 있다면 얼마나 좋을까! 강 저 멀리서 날아가고 있다고 해도 나한테는 꼭 보일 거야.”

그러면서 캄파넬라는 둥근 판처럼 생긴 지도를 열심히 빙빙 돌려가며 들여다보았습니다. 그 지도에는 하얗게 표시해 놓은 은하수 왼쪽 기슭을 따라 한 줄기 철로가 남으로 남으로 기다랗게 뻗어 있었습니다. 참으로 멋지고 훌륭한 지도였습니다. 그 지도에는 한밤중처럼 깜깜한 바탕 위에 정류장 하나하나, 삼각표, 샘과 숲이 파랑, 주황, 초록 같은 아름다운 빛깔로 아로새겨져 있었습니다. 조반니는 그 지도를 어디선가 본 적이 있는 것 같았습니다.

“이 지도 어디서 샀어? 흑요석*이네!'

“은하 정거장에서 주길래 받았는데, 너는 못 받았어?”

“어어, 못 받았어. 내가 은하 정거장을 지나친

---

*   회색 또는 검은색을 띠고 유리 광택이 있는 화산암.

걸까? 지금 우리가 있는 곳은 여기지?"

조반니는 백조라고 쓰여있는 정거장 표시에서 약간 떨어진 북쪽을 가리켰습니다.

"맞아……. 그런데 저쪽 강가는 달밤이라서 저렇게 보이는 걸까?"

그쪽을 보니까 희푸르게 빛나는 은하 기슭에 일대를 가득 메운 은빛 하늘의 참억새가 바람이 불 때마다 살랑살랑 흔들리며 물결치고 있었습니다.

"달밤이기 때문이 아니야. 은하여서 그래."

조반니는 이렇게 말하면서 폴짝 뛰어오르고 싶을 만큼 기분이 유쾌해졌습니다. 발을 콩콩 구르고 나서 창밖으로 얼굴을 내밀고 하늘까지 울려 퍼지도록 휘파람으로 〈별자리 노래〉를 소리 높여 불렀습니다. 동시에 힘껏 발돋움해서 은하수를 보려고 했습니다. 하지만 처음에는 아무리 기를 써도 은하수가 또렷하게 보이지 않았습니다. 하지만 계속 정신을 집중해 쳐다보니까 유리

보다도 수소보다도 투명한 강물이 브였습니다. 눈의 착각 때문인지 강물은 아물아물 보랏빛을 띠는 잔물결을 일으키기도 하고 무지개처럼 반짝반짝 빛을 내기도 했습니다. 은하수는 소리도 없이 흘러갔고, 하늘 들판 여기저기에는 인광*을 번뜩이며 삼각표가 예쁘게 서있었습니다. 멀리 작게 보이는 표지판은 주황빛이나 노랑빛을 선명하게 내뿜었고, 가까이 큼지막하게 보이는 것은 희푸른 빛을 내뿜었습니다. 어떤 것은 세모꼴이나 네모꼴, 어떤 것은 번개나 사슬 모양으로 줄을 지어 들판 가득 빛나고 있었습니다.

조반니는 가슴이 벅차올라 머리를 절레절레 흔들었습니다. 그러자 정말로 아름다운 들판에 파란빛, 주황빛으로 다채롭게 빛나던 삼각표도 숨을 쉬는 듯 산들산들 몸을 흔들거나 부르르 떨었습니다.

---

* 빛의 자극을 받아 빛을 내던 물질이 빛이 자극○ 멎은 뒤에도 계속 내는 빛.

"이제 완전히 하늘의 들판에 온 거야."

조반니는 이렇게 말하고 나서 잠시 틈을 두었다가 왼손을 창밖으로 쑥 내밀고는 앞을 보면서 말했습니다.

"그런데 이 기차는 석탄을 때지 않는 것 같아."

"알코올이나 전기로 가겠지."

캄파넬라가 대답했습니다.

덜컹덜컹 덜컹덜컹.

작고 어여쁜 기차는 바람에 나부끼는 하늘의 억새밭 사이로, 은하수와 삼각표가 뿜어내는 창백하고 희미한 빛 속을 뚫고 끝없이 끝없이 달려갔습니다.

"아, 용담꽃*이 피었어. 벌써 가을이야."

캄파넬라가 창밖을 가리키며 말했습니다.

철로 가장자리에 수북하게 깔려있는 잔디 사

---

* 　용담과의 여러해살이풀로 8~10월에 푸른빛을 띤 자주색 꽃이 핀다.

이사이에 월장석**으로 조각해 놓은 듯한 탐스러운 보라색 용담꽃이 피어있었습니다.

"내가 얼른 뛰어내려서 저 녀석을 꺾어올까?"

조반니는 한껏 들떠 설레는 마음으로 말했습니다.

"안 돼, 벌써 저만치 뒤로 지나가 버렸잖아."

캄파넬라가 말을 마치기가 무섭게 또 다른 용담꽃이 반짝거리며 지나쳐 갔습니다.

그러더니 연이어 노란 밑둥 위에 찻잔처럼 얹혀있는 용담꽃들이 샘이 솟아오르듯, 비가 내리듯 눈앞을 스쳐 지나갔습니다. 삼각표는 연기를 내뿜듯 희부옇게 흐려졌다가 불길이 타오르듯 점점 더 환하게 빛을 내뿜으며 서있었습니다.

** 유백색으로 투명하거나 반투명하며 내부에서 달빛 같은 푸른 섬광을 내는 돌.

7

북십자성과 플라이오세* 해안

"어머니가 나를 용서해 주실까?"

캄파넬라가 문득 무엇인가 결심한 듯 약간 말을 더듬으면서 흥분한 모습으로 말을 꺼냈습니다.

'아, 그렇지, 우리 어머니는 저 멀리 티끌처럼 보이는 주황색 삼각표 부근에서 지금 나를 생각하고 계시겠지.'

조반니는 멍하니 이런 생각을 했습니다.

"어머니가 정말로 행복해질 수 있다면 나는 무슨 일이든 할 수 있어. 그런데 어떻게 해야 어머

---

* 신생대 제삼기의 마지막 시기. 500만 년 전부터 200만 년 전까지가 해당한다.

니가 제일 행복해하실까?"

캄파넬라는 무슨 일인지 울음을 터뜨리고 싶은 것을 간신히 참고 있는 것 같았습니다.

"너희 어머니가 행복하지 않을 일은 아무것도 없지 않아?"

조반니는 깜짝 놀라 목소리를 높였습니다.

"난 모르겠어. 하지만 누구나 정말로 좋은 일을 하면 제일 행복하겠지? 그러니까 어머니도 날 용서해 주실 거야"

캄파넬라는 진심으로 굳게 결심하는 듯 보였습니다.

갑자기 기차 안이 하얗게 밝아졌습니다. 창밖을 내다보자 다이아몬드와 풀잎의 이슬을 다 모아놓은 듯 눈부시게 빛나는 은하의 바닥 위로 강물이 소리도 없고 형태도 없이 흐르고 있었고, 그 흐름 한복판에 창백하게 푸르스름한 후광을 비추는 섬 하나가 불쑥 나타났습니다. 섬의 평평한 꼭대기에는 눈이 번쩍 떠질 만큼 아름다운 하얀 십자가가 얼어붙은 북극의 구름을 부어 만들었다고 할 만큼 영롱한 황금빛 띠를 두른 채, 고요하게 영원히 계속될 것처럼 서 있었습니다.

"할렐루야, 할렐루야."

앞에서도 뒤에서도 찬양하는 목소리가 울려나왔습니다. 뒤를 돌아보니까 객실 안 모든 여행자들이 옷매무새를 가지런히 한 채 검은 성경책을 가슴에 대거나 수정 묵주를 돌리면서 경건하게 손을 모으고는 빛을 향해 기도하고 있었습니다. 두 사람도 엉겁결에 자리에서 일어났습니다. 캄파넬라의 뺨은 마치 잘 익은 사과의 빨강처럼 생기있게 돋보였습니다.

어느덧 섬과 십자가는 점점 더 뒤쪽으로 물러났습니다.

희푸른 빛으로 감싸여 있던 건너편 기슭도 점점 어렴풋하게 멀어지더니 때때로 참억새가 바람에 살랑 나부끼는지 은빛이 마냥 피어올라 입김을 내뱉는 듯 보였고, 잔뜩 피어있는 용담꽃이

풀잎 사이로 모습을 숨겼다가 내보였다 하는 것이 부드러운 도깨비불 같았습니다.

하지만 그것도 아주 잠시, 강과 기차 사이에 억새풀이 시야를 가로막는 바람에 백조 섬은 딱 두 번 뒤편으로 보였을 뿐입니다. 그마저도 이내 조그만 그림처럼 섬은 아주 멀어졌고, 참억새가 바스스 바스스 소리를 낼 즈음에는 완전히 자취를 감추고 말았습니다. 조반니 뒤에는 언제부터 타고 있었는지, 키가 크고 검은 머리 덮개를 쓴 가톨릭 수녀가 동그란 초록 눈동자를 아래로 떨구고, 멀리서 들려오는 말인지 소리인지를 경건하게 듣고 있는 듯했습니다. 여행자들은 조용히 제자리로 돌아가고 조반니와 캄파넬라도 가슴 가득 차오르는 슬픔 비슷한 새로운 감정을 아무렇지 않게 다른 언어로 조용히 이야기했습니다.

"이제 곧 백조 정거장이구나."

"응, 열한 시 정각에 도착할 거야."

신호기의 초록 불빛과 희끄무레한 흰색 기둥

이 얼핏 창문 밖으로 스쳐가고 나서 유황 불꽃같이 생긴 거무스름한 전철기 선로변환기 앞의 등불이 창문 아래로 지나갔습니다. 기차는 점점 더 속도가 느려지더니 곧이어 플랫폼에 나란히 일렬로 걸어놓은 전등이 아름답게 눈앞에 나타났습니다. 불빛이 점점 더 커지면서 넓게 펼쳐졌을 때 두 사람을 태운 기차는 덜커덩하며 백조 정거장에 있는 커다란 시계 앞에 멈춰 섰습니다.

상쾌한 가을, 시계판 위에는 파랗게 달구어진 강철 바늘 두 개가 선명하게 열한 시를 가리켰습니다. 모두들 우루루 기차에서 내리는 바람에 객실은 텅 비어버렸습니다.

시계 아래에는 '이십 분간 정차'라고 적혀있습니다.

"우리도 내려볼까?"

조반니가 말했습니다.

"그러자."

두 소년은 동시에 벌떡 일어나 개찰구로 달려

갔습니다. 그런데 개찰구에는 보랏빛 전등 하나가 밝게 켜져있을 뿐 아무도 없었습니다. 주위를 두리번거렸지만 역장도 없고 빨간 모자를 쓴 짐꾼도 그림자조차 찾아볼 수 없었습니다.

둘은 수정으로 세공한 듯한 은행나무에 둘러싸인 정거장 앞 조그만 광장으로 나왔습니다. 거기서부터 은하의 푸른 빛 속으로 곧게 통하는 넓은 길이 뻗어 있었습니다.

먼저 내린 사람들은 벌써 어디로 갔는지 한 사람도 보이지 않았습니다. 조반니와 캄파넬라가 나란히 새하얀 넓은 길을 따라갔더니, 사방에 창이 난 방안에 서있는 두 개의 기둥 그림자처럼 두 사람의 그림자가 햇빛을 받아 마치 바퀴살처럼 사방으로 겹겹이 뻗어나갔습니다. 머지않아 둘은 기차 안에서 바라보던 아름다운 강가에 도착했습니다.

캄파넬라가 깨끗한 모래알을 한 줌 손바닥에 올려놓고 손가락으로 사르륵사르륵 소리를 내면서 꿈을 꾸듯 말했습니다.

"이 모래알은 모조리 수정이야. 안에서 자그마한 불꽃이 타오르고 있어."

"정말이네."

'나는 어디에서 이런 것을 배웠지?'

조반니는 이런 생각을 하며 중얼거리듯 대꾸했습니다.

강바닥의 모래알은 하나같이 투명했는데 틀림없이 수정이나 황옥, 또는 습곡*처럼 구불구불하거나 귀퉁이에서 안개처럼 푸르스름한 빛을 내는 강옥**이었습니다. 조반니는 물가로 달려가 물에 손을 담갔습니다. 그러나 신비로운 은하의 물은 수소보다 더 투명했습니다. 물에 담갔던 손목 부근이 살짝 수은 빛을 띠는 듯하고, 찰랑찰랑 손목에 부딪친 잔물결이 아름다운 빛으로 타

---

*   지층이 물결 모양으로 주름이 지는 현상.
**   투명한 광석으로 붉은색은 루비, 파란색은 사파이어라고 한다.

닥타닥 타오르는 듯 반짝이는 것만 보더라도, 강물은 분명히 흐르고 있었습니다.

상류 쪽을 바라보니 참억새 군집이 가득한 절벽 아래 마치 운동장처럼 평평한 하얀 바위가 강을 따라 드러나 있었습니다. 그곳에는 대여섯 명의 작은 그림자가 땅을 파거나 메우는 듯 일어서기도 하고 허리를 굽히기도 했으며, 그들이 들고 있는 도구가 이따금 번쩍하고 빛나기도 했습니다.

"저쪽으로 가보자!"

두 사람은 거의 동시에 소리치며 그쪽으로 달려갔습니다. 하얀 바위가 늘어선 입구에는 '플라이오세 해안'이라는 반질반질한 사기 팻말이 서있고, 맞은편 강가 곳곳에는 가느다란 철제 난간이 있고 근사한 나무 벤치도 놓여있었습니다.

"이것 봐, 이상한 것이 있어."

캄파넬라가 고개를 갸웃거리며 멈추어 서더니 바위틈에서 까맣고 길쭉하고 끝이 뾰족한 호

두 같은 것을 주웠습니다.

"호두 열매야. 저기 아주 많이 있어. 강물에 떠 내려온 것이 아니야. 바위틈에 박혀있잖아."

"꽤 큰 걸. 보통 호두보다 두 배는 크겠어. 이건 상한 곳 없이 아주 멀쩡해."

"얼른 저쪽으로 가보자. 분명히 뭔가 파내고 있는 거야."

두 사람은 톱니처럼 깔죽깔죽한 까만 호두를 손에 들고 앞으로 걸어갔습니다. 왼쪽 물가에는 가벼운 번개가 지나가듯 물결이 사르륵 밀려왔고, 오른쪽 기슭에는 조개껍데기와 은을 깎아 만든 것 같은 참억새 이삭이 흔들리고 있었습니다.

가까이 다가가 보니 키 큰 학자 같은 사람이 두꺼운 근시 안경을 쓰고 장화를 신은 채 수첩에 무언가 바삐 적어 넣으면서 곡괭이를 들어 올리거나 삽질을 하는 조수 같은 세 사람에게 정신없이 이것저것 지시를 내리고 있었습니다.

"거기 튀어나온 돌기가 부서지지 않도록 조심

해. 삽을 쓰라고, 삽을! 이봐, 좀 멀리서부터 파야 한다고. 아니, 그러면 안 돼, 안 된다고. 왜 그렇게 거칠게 파는 건가?”

바라보니 하얗고 무른 바위 속에는 옆으로 넘어져 찌부러진 짐승의 희푸르스름한 뼈가 절반쯤 드러나 있었습니다. 다시 눈을 크게 뜨고 주의 깊게 살펴보니 발굽 두 개인 발자국이 찍힌 바위를 네모반듯하게 딱 열 개로 잘라내어 가지런히 번호를 매겨놓았습니다.

“너희들, 구경하러 왔니?”

학자 같은 사람이 안경 너머로 눈빛을 번뜩이며 두 사람에게 말을 걸었습니다.

“호두가 아주 많지? 그건 말이다, 대략 백이십만 년 전의 호두란다. 아주 어린 편이지. 백이십만 년 전, 그러니까 제3기가 지날 무렵 이곳은 바닷가였기 때문에 이 밑에서는 조개껍데기도 나온단다. 지금 강물이 흐르는 곳은 전부 바닷물이 밀려왔거나 빠져나갔다고 볼 수 있지. 여기, 이

짐승은 말이지, '보스'라고 하는데, 어이 이봐, 거기서는 곡괭이는 쓰지 말게. 조심스럽게 끌로 작업해야 한다니까. 음, 보스라는 동물은 말하자면 소의 조상인데 옛날에는 흔했지."

"표본으로 만들 건가요?"

"아니, 증명하는 데 필요할 뿐이야. 우리가 보기에 이곳은 훌륭한 두터운 지층이니까 백이십만 년 전쯤에 형성되었다는 증거를 여럿 발견할 수 있기는 한데, 일반 사람들 눈에도 과연 그런 지층으로 보일까? 혹시 바람이나 물이나 텅 빈 하늘로 보이지는 않을지. 알아듣겠니? 그렇지만, 어이 여보게, 거기도 삽을 써서는 안 돼. 바로 밑에 갈비뼈가 묻혀있다는 것을 모르겠나?"

학자는 삽을 든 남자를 향해 황급히 달려갔습니다.

"벌써 시간이 다 됐어. 그만 가자."

캄파넬라가 지도와 손목시계를 번갈아 들여다보면서 말했습니다.

"그러면 이제 저희는 가보겠습니다."

조반니는 예의 바르게 인사했습니다.

"간다고? 잘 가거라."

학자는 또다시 분주하게 여기저기 돌아다니며 감독하기 시작했습니다.

두 소년은 기차 시간에 늦지 않도록 하얀 바위 위를 힘껏 뛰었습니다. 정말 바람처럼 빨리 달릴 수 있었습니다. 숨이 차지도 않고 무릎이 달아오르지도 않았습니다.

이렇게 달린다면 온 세상 끝까지 달릴 수 있겠다고 조반니는 생각했습니다.

아까 지나쳤던 강가를 지나오자 개찰구에 달린 전등이 점점 크게 보였고, 얼마 안 있어 두 소년은 객실 자리에 앉아 창문 너머로 방금 다녀온 쪽을 내다보았습니다.

8

새를 잡는 사람

"여기 앉아도 될까요?"

꺼칠꺼칠하지만 친절함이 묻어나는 어른의 목소리가 조반니와 캄파넬라 뒤편에서 들려왔습니다.

너덜너덜하게 해진 갈색 외투를 입고 하얀 짐보따리 두 개를 어깨에 둘러멘 그 사람은 수염이 빨갛고 등이 굽은 모습이었습니다.

"예, 앉으세요."

조반니는 어깨를 살짝 움츠리며 인사했습니다. 그 사람은 수염 사이로 살짝 미소를 내비치면서 천천히 짐을 그물 선반 위에 얹었습니다.

조반니는 까닭 없이 쓸쓸하고 적적한 기분이 들어 정면에 걸린 시계를 말없이 쳐다보았습니다. 그때 저 멀리 앞쪽에서 유리 피리 소리 같은 소리가 울렸습니다. 기차는 이미 조용히 움직이고 있었고 캄파넬라는 객실의 천정을 이리저리 올려보았습니다. 전등 하나에 검은 장수풍뎅이가 날아 앉아 천정에 그림자를 커다랗게 드리웠습니다. 빨간 수염이 난 남자는 반가운 듯 정겨운 미소를 지으면서 조반니와 캄파넬라를 바라보았습니다. 기차는 점점 속도를 냈고 참억새와 강물이 번갈아 가며 창밖에서 반짝거렸습니다.

빨간 수염 남자가 조금 머뭇머뭇하면서 두 소년에게 물었습니다.

"너희들은 어디로 가니?"

"어디까지든 가보려고요."

조반니는 겸연쩍다는 듯 대답했습니다.

"그렇구나, 참 좋은 생각이다. 이 기차는 사실 어디까지든 가거든."

"아저씨는 어디로 가시는데요?"

캄파넬라가 말싸움이라도 거는 듯 다그쳐 물었기 때문에 조반니는 자기도 모르게 웃음을 터뜨렸습니다. 그러자 맞은편 자리에 앉아있던, 뾰족한 모자를 쓰고 커다란 열쇠를 허리에 찬 사람도 힐끔 이쪽을 보고 웃었습니다. 캄파넬라도 그만 얼굴을 붉히며 웃음을 터뜨리고 말았습니다. 그런데 빨간 수염 남자는 별로 화내는 기색도 없이 뺨을 실룩대면서 대답했습니다.

"나는 금방 내린단다. 새를 잡아서 파는 장사꾼이거든."

"무슨 새를 잡는데요?"

"두루미와 기러기를 잡지. 왜가리와 백조도 잡는단다."

"두루미가 많이 있나요?"

"그럼, 많다마다. 아까부터 울음소리가 들렸는데, 못 들었니?"

"네, 못 들었어요."

"지금도 들리고 있잖아. 자, 귀를 기울이고 잘 들어보렴."

두 소년은 눈을 치켜뜨고 귀를 쫑긋 세웠습니다. 덜컹거리는 기차 소리와 억새 사이로 스쳐 가는 바람 소리 사이로, 또로롱또로롱 샘물이 솟아나는 듯한 소리가 들려왔습니다.

"두루미는 어떻게 잡아요?"

"두루미 말이냐? 아니면 왜가리 말이냐?"

"왜가리요."

조반니는 어느 쪽이든 상관없다고 생각하면서 대답했다.

"그놈들 잡는 일은 식은 죽 먹기지. 왜가리라는 새는 은하수에 있는 모래가 엉겨서 쑥 생겨나고 언제든 강으로 돌아오거든. 다리를 이렇게 하고 내려오는 것을 강바닥에서 기다리고 있다가 땅바닥에 발이 닿을락 말락 할 때 와락 덮치는 거야. 그렇게 하면 왜가리는 딱딱하게 돈이 굳은 채 마음 편히 죽는단다. 그다음은 말하지 않아도

뻔하겠지? 납작하게 눌러 책갈피처럼 만들면 끝
이지."

"왜가리를 납작하게 눌러 말린다고요? 표본인
가요?"

"표본이 아니야. 다들 먹지 않니?"

"이상하네요."

캄파넬라가 고개를 갸우뚱했습니다.

"이상할 것도 수상할 것도 없어. 내가 보여줄
게 있어."

새잡이 남자가 일어나더니 그물 선반에서 보
따리를 내려 재빠르게 풀었습니다.

"자, 보려무나. 지금 막 잡아온 거란다."

"와! 진짜 왜가리다!"

두 소년은 무심결에 소리쳤습니다. 아까 북쪽
에 있던 십자가처럼 새하얗게 빛나는 왜가리 열
마리가, 좀 납작한 모양으로, 검은 다리를 웅크리
고 부조(浮彫)처럼 누워있었습니다.

"눈을 감고 있군요."

캄파넬라는 초승달처럼 생긴 왜가리의 하얀 눈을 손가락으로 살며시 만졌습니다 머리 위에는 창처럼 생긴 하얀 털도 빠지지 않고 제대로 붙어 있었습니다.

"어떠냐, 내 말이 맞지?"

새잡이는 왜가리를 싼 보따리를 다시 둘둘 말아 끈으로 묶었습니다. 도대체 누가 왜가리를 먹을까? 궁금한 생각이 머리를 떠나지 않는지 조반니가 물었습니다.

"왜가리는 맛있어요?"

"암, 맛있고말고. 매일 주문이 끊이지 않고 들어오지. 하지만 기러기가 더 잘 팔린단다. 기러기가 살도 훨씬 많고 무엇보다 손질할 필요가 없거든. 자, 이것 봐라."

새잡이는 다른 보따리를 풀었습니다. 그러자 노랑과 청백이 알록달록 섞여 불빛처럼 반짝이는 기러기가, 아까 본 왜가리처럼 조금 납작해진 모양으로 부리를 가지런히 맞춘 채, 줄지어 놓여

있었습니다.

"이건 당장 먹을 수 있어. 어떠냐, 한입 맛 좀 보겠니?"

새잡이는 노란색 기러기 다리를 가볍게 잡아당겼습니다. 그러자 초콜릿으로 만들기라도 한 듯 다리가 쑥 빠져 나왔습니다.

"자, 한번 맛을 보렴."

그는 기러기 다리 하나를 둘로 나누어 건넸습니다.

'뭐야? 역시 과자였잖아. 초콜릿보다 훨씬 맛있기는 한데, 이런 기러기가 정말 하늘을 날아다닐 수나 있으려나? 이 아저씨는 저기 들판에 있는 과자 장수일 거야. 그런데 마음속으로 우습게 보면서도 아저씨가 내미는 과자를 넙죽 받아먹고 있으니, 나도 참 한심하구나.'

한입 맛을 본 조반니는 이렇게 생각하면서도 와삭와삭 기러기 다리를 씹어 먹었습니다.

"조금 더 먹어보렴."

새잡이가 또 보자기를 펼쳤습니다.

"아닙니다. 잘 먹었어요."

조반니는 더 먹고 싶었지만 예의 바르게 사양했습니다. 그러자 새잡이는 맞은편 자리에 앉은 사람에게 꾸러미를 내밀었습니다.

"저런, 파는 물건인데, 미안한데요."

허리에 열쇠를 찬 남자는 모자를 벗으며 말했습니다.

"별말씀을 다 하시는군요. 그래, 올해 철새는 얼마나 찾아왔는지요?"

"이야, 말도 못하게 대단했답니다. 엊그제 새벽 두 시쯤 등대 불빛이 규칙에 어긋나게 [한 글자 공백] 깜박거린다고, 여기저기서 신고가 들어와서 전화에 불이 났는데, 사실은 등대 고장이 아니었어요. 철새들이 새까맣게 떼 지어 등대 앞을 지나가서 그런 거니까 난들 별수 없었지요. '이 모자란 녀석아, 그런 불평은 나한테 말해봤자 소용이 없어, 부스스하게 망토를 걸치고 다리가 터

무늬없이 가느다랗고 입술이 얇은 걔네 대장한 테나 가서 말하란 말이야!' 이렇게 말해줬어야 하는데 말이지요. 하하하."

참억새가 사라지자 저편 들판에서 불빛이 휘익 날아와 파고들었습니다.

"왜가리는 어째서 손질하기 번거롭나요?"

캄파넬라는 진작 물어보려고 했던 것을 물었습니다.

"그건 그러니까, 왜가리를 먹으려면,"

새잡이가 이쪽으로 몸을 돌렸습니다.

"은하수 강물 빛을 쬐며 열흘간 매달아 두든지, 아니면 모래에 사나흘 묻어두어야 하기 때문이야. 그렇게 해야 수은이 전부 증발해서 먹을 수 있거든."

"이건 새가 아니라 그냥 과자일 뿐이잖아요."

역시 조반니와 생각이 같았는지 캄파넬라가 단단히 마음먹은 듯 물었습니다. 새잡이는 어쩐지 당황한 듯 허둥댔습니다.

"아 참, 여기서 내려야 하는데."

하고 말하며 일어나 짐을 챙기더니 눈 깜짝할 사이에 모습이 보이지 않았습니다.

"어디로 가버린 것일까?"

두 소년이 얼굴을 마주 보고 있는 동안 등대지기는 싱글싱글 웃으며 기지개를 켜듯 몸을 펴고는 옆 창문으로 바깥을 내다보았습니다. 두 소년도 그쪽을 보았더니 방금 내린 새잡이가 노랗고 희푸르게 아름다운 빛을 뿜으면서 강변 일대를 물들이는 산떡쑥*이 한없이 펼쳐진 강변 위에 서서 진지한 표정으로 양팔을 벌린 채 가만히 하늘을 쳐다보고 있었습니다.

"저쪽으로 갔나 보다. 상당히 어색한 자세인걸. 필시 새를 또 잡을 참인가 봐. 기차가 출발하기 전에 얼른 새가 내려앉으면 좋을 텐데."

이렇게 말하는 순간 휑한 도라지 빛깔 하늘에

---

* 　국화과의 여러해살이풀.

서 아까 본 것과 같은 왜가리가 구욱구욱 울어대면서 마치 눈 내리듯 한가득 내려앉았습니다. 그러자 새잡이는 기다렸다는 듯 희희낙락하며 양다리를 육십 도로 벌려 서서는, 내려오면서 움츠리는 왜가리의 검은 다리를 거머채고는 닥치는 대로 헝겊 자루에 집어넣었습니다. 왜가리는 반딧불이처럼 자루 안에서 잠시 파랗게 반짝반짝 빛을 깜박거렸지만, 결국에는 얼이 빠진 듯 하얀 빛으로 돌아와 숨을 거두었습니다. 그런데 붙잡힌 새보다 붙잡히지 않고 무사히 은하수의 모래밭에 내려앉은 새가 훨씬 더 많았습니다. 그 광경을 보고 있으려니까, 왜가리는 발이 모래에 닿자마자 눈이 녹듯 오므라들고 납작해지더니 얼마 안 있어 용광로에 끓인 구리 물처럼 모래나 자갈 위에 퍼져버렸습니다. 얼마 동안은 모래에 찍힌 새의 형태가 남아있다가 두어 번 밝아졌다 어두워졌다 하는 사이에 주위의 모래나 자갈 빛깔과 똑같아져 버렸습니다.

새잡이는 스무 마리쯤 자루에 넣고 나더니, 갑자기 두 팔을 번쩍 들고 마치 병사가 총에 맞아 죽을 때처럼 몸을 젖혔습니다. 그런가 싶더니 그의 모습은 강가에서 사라지고 그 대신 귀에 익은 목소리가 조반니 옆에서 들려왔습니다.

　"아아, 속이 다 시원하구나. 내 깜냥대로 잘하는 일을 하며 딱 적당하게 돈을 버는 것만큼 좋은 일은 없단 말씀이야"

　어느새 새잡이는 방금 잡아 온 왜가리를 벌써 보기 좋게 손질해 한 마리씩 차곡차곡 포개놓고 있었습니다.

　"여기까지 어떻게 순식간에 올 수 있지요?"

　조반니는 어쩐지 당연한 듯, 또 전혀 당연하지 않은 듯한, 묘한 느낌이 들어 물었습니다.

　"어떻게 오긴, 오려고 하니까 왔지. 그러는 너희는 대체 어디서 왔니?"

　조반니는 곧장 대답하려고 했지만, 자기가 본디 어디에서 왔는지 도통 생각나지 않았습니다.

캄파넬라도 얼굴이 새빨개지도록 뭔가를 떠올려보려고 기를 썼습니다.

"흐음, 멀리서 온 것 같구나."

새잡이는 알았다는 듯 가볍게 고개를 끄덕였습니다.

9

조반니의 차표

"자, 이곳은 백조 구역이 끝나는 곳입니다. 보세요, 저것이 유명한 알비레오* 관측소입니다."

창밖에는 마치 불꽃놀이 폭죽처럼 창밖을 가득 메운 은하수 안에 커다랗고 검은색 건물 네 동이 서 있었습니다. 그중 한 채의 평평한 지붕 위에서 눈이 번쩍 뜨일 만큼 거대하고 투명한 청옥과 황옥 구슬 두 개가 바퀴처럼 원을 그리며 조용히 빙글빙글 돌고 있었습니다. 황옥이 반대편으로 돌아가 점점 멀어지고 청옥이 이쪽으로

---

* 백조자리의 머리 부분에 자리한 쌍성으로 두 번째로 밝은 별.

다가와 서서히 구슬 가장자리가 겹치면서 근사한 초록색 양면 볼록렌즈 모양이 나타났습니다. 그러다가 초록색 한가운데가 불룩 부풀어 오르고, 마침내 청옥과 황옥이 정면으로 마주보는 위치로 이동하자 중심에는 초록색 원이 생기고 그 주위에는 밝은 노란색 원이 생겼습니다. 이제 커다란 원이 미끄러지면서 볼록렌즈 모양을 거꾸로 뒤집다가 결국 쑥 벗어났고, 그 결과 청옥은 저쪽으로 돌고 황옥은 이쪽으로 다가와 아까와 똑같은 모양이 되었습니다. 형태도 없고 소리도 없는 은하수에 둘러싸인 검은 관측소는 잠을 자듯 조용히 가로로 서있었습니다.

"저것은 물의 속도를 재는 기계란다. 물도……"

새잡이가 말하려고 할 때, 빨간 모자를 쓴 키 큰 차장이 어느새 세 사람의 좌석 옆에 똑바로 서서 말했습니다.

"기차표 보여주십시오."

새잡이는 잠자코 호주머니에서 작은 종잇조

각을 꺼냈습니다. 차장은 흘긋 보고 곧장 시선을 돌리고는, '너희들은?' 하고 묻듯이 손가락을 까딱거리면서 조반니와 캄파넬라 쪽으로 손을 내밀었습니다.

"저, 그게요……."

조반니가 당황해서 주저주저하고 있는 동안 캄파넬라는 대수롭지 않다는 듯 작은 잿빛 기차표를 내밀었습니다. 조반니는 더욱 당황한 나머지 혹시 자기 웃옷 주머니에 차표가 들어있지 않을까 생각하면서 손을 넣어보았습니다. 그랬더니 큼직하게 접어놓은 종이가 만져졌습니다.

'언제 이런 것이 들어있었지?'

하고 생각하며 얼른 꺼내 보았더니 넷으로 접은 엽서 크기 만한 초록색 종이였습니다. 차장이 손을 내밀고 있었기 때문에 조반니는

'이것이라도 상관없을 거야, 에라 모르겠다, 일단 보여주자'

하는 생각으로 종이를 건넸습니다. 차장은 똑바

로 자세를 고치고는 정중하게 종이를 펼쳐보았
습니다. 차장은 웃옷 단추를 자꾸 만지면서 옷맵
시를 고쳤고, 등대지기는 아래쪽에서 종이를 열
심히 올려다보고 있었기 때문에 조반니는 그 종
이가 증명서 비슷한 것인가 싶어, 어쩐지 가슴이
약간 뜨거워지는 듯했습니다.

"3차원 공간에서 받아온 것인가요?"

차장이 물었습니다.

"글쎄요, 무엇인지 잘 모르겠어요."

이제는 괜찮겠구나 하고 안심하면서 조반니
는 승무원을 올려보고 킥킥 웃었습니다.

"좋습니다. 남십자역에 도착하는 시간은 세 시
쯤입니다."

차장은 조반니에게 종이를 돌려주고는 저쪽
으로 가버렸습니다.

캄파넬라는 조반니의 종잇조각이 무엇인지
몹시 궁금했다는 듯 서둘러 들여다보았습니다.
조반니도 얼른 보고 싶었습니다. 종이 한쪽 면은

검은 덩굴무늬 같은 그림 안에 이상한 글자를 열 개쯤을 인쇄한 것이었는데, 가만히 들여다보고 있으려니까 그 안으로 빨려 들어갈 것 같았습니다. 그때 새잡이가 옆에서 흘깃 보고는 몹시 놀라며 말했습니다.

"어이쿠, 이건 대단한 차표군. 정말이지 하늘나라로 올라갈 수도 있는 차표야. 아니, 하늘나라뿐이겠어? 어디든 마음대로 다닐 수 있는 통행권이라고. 이것만 있다면야 이렇게 불완전한 4차원 환상 세계의 은하철도는 말할 것도 없고 어디든지 갈 수 있을 거야…… 너희 둘은 정말 대단한 사람인가 보구나."

"뭐가 뭔지 저도 잘 모르겠어요."

조반니는 얼굴이 빨개지며 차표를 다시 접어 호주머니에 넣었습니다. 멋쩍어진 분위기 탓인지 캄파넬라와 조반니는 고개를 돌려 다시 창밖을 내다보았습니다. 가끔씩 새잡이가 대단하다는 듯 흘끔흘끔 이쪽을 보는 눈길이 어렴풋이 느껴졌습니다.

"이제 곧 독수리 정거장이야."

캄파넬라가 건너편 강기슭에 늘어선 희푸른 작은 삼각표 세 개와 지도를 서로 맞추어보며 말했습니다.

조반니는 영문도 모른 채 갑자기 옆자리의 새잡이가 견딜 수 없이 가여워졌습니다. 왜가리를 잡고 가슴이 시원하다고 기뻐하거나, 하얀 천으로 새를 둘둘 싸기도 하고, 남의 기차표를 슬금슬금 곁눈으로 보고는 황급하게 대단하다고 추어올리는 모습 등을 하나하나 떠올리며 생각을 더듬어가는 동안, 조반니는 생판 누군지도 모르는 새잡이를 위해 자기가 가진 것은 먹을 것이든 무엇이든 다 주고 싶다는 생각이 들었습니다. 또 새잡이의 진정한 행복을 위해서라면 저 빛나는 하늘의 강 모래밭에서 백 년이라도 새를 잡아줄 수 있겠다는 기분이 들어 아무래도 가만히 있을 수가 없었습니다. '아저씨가 진정으로 원하는 것은 뭔가요?' 이렇게 물으려고 하다가, 아닌 밤중에 홍두깨 같다는 생각에 물어볼까 말까 망설이다 뒤를 돌아보았습니다. 새잡이는 이미 그곳에 없었습니다.

그물 선반 위 하얀 짐 보따리도 토이지 않았습니다. 이번에도 밖에서 다리를 떡 버티고 서서 하늘을 올려다보며 왜가리를 잡을 준비를 하고 있는가 싶어 급히 창밖을 살폈지만, 바깥에는 아름다운 모래알과 하얀 참억새의 물결만 보일 뿐, 아저씨의 널찍한 등도, 뾰족한 모자도 보이지 않았습니다.

"새잡이 아저씨는 어디로 갔을까?"

캄파넬라도 넋이 나간 듯 중얼거렸습니다.

"글쎄, 어디로 갔을까? 어디에서 또 만날 수 있을까? 어째서 나는 그 아저씨와 좀 더 이야기를 나누지 않았을까?"

"맞아, 나도 그런 생각을 하고 있었어."

"난 아저씨가 성가시다고 생각했어. 그게 너무

후회스러워.”

조반니는 이렇게 묘한 기분이 들기는 난생처음이었을 뿐 아니라 이런 말은 여태껏 해본 적도 없었습니다.

“어디선가 사과 냄새가 나는걸. 방금 사과 생각을 한 탓일까?”

캄파넬라가 이해할 수 없다는 듯 주위를 둘러보았습니다.

“진짜 사과 냄새야. 찔레꽃 냄새도 나는걸.”

조반니가 주위를 둘러보았지만 아무래도 냄새는 창문을 통해 안으로 들어온 듯했습니다. 하지만 지금은 가을이니까 찔레꽃 냄새가 날 리는 없다는 생각이 들었습니다.

그때 돌연 그곳에 윤기 나는 까만 머리카락이 눈에 띄는 여섯 살쯤 되는 남자아이가 빨간 윗도리의 단추도 잠그지 않고 덜덜 떨면서 맨발로 서있었습니다. 놀란 표정으로 서있는 아이 옆에는 검은 양복을 단정하게 차려입은 키 큰 청년이 한

껏 바람과 맞서고 있는 느티나무처럼 남자아이
의 손을 꼬옥 잡고 있었습니다.

"어머나, 여기가 어디야? 와, 참 예쁘다."

청년 뒤에는 갈색 눈동자에 열두 살쯤 되는 귀
여운 여자아이가 검은 외투를 입고 청년의 팔에
매달려 신기한 듯 창밖을 바라보고 있었습니다.

"아, 여기는 랭커셔*야. 아니, 코네키컷**이야.
아니, 아니다, 여기는 하늘이야. 우리는 하늘나라
로 갈 거야. 이것 보렴. 저 표시는 천국의 표시야.
이제 아무것도 무서워하지 않아도 돼. 우리는 하
느님의 부름을 받고 가고 있는 거니까."

검은 양복을 입은 청년은 기쁨으로 빛나는 얼
굴로 여자아이에게 말했습니다. 하지만 어째서
인지, 다시 이마에 깊은 주름이 잡히며, 몹시 지
쳐 보이는 기색으로 억지 웃음을 지으며 남자아
이를 조반니 옆자리에 앉혔습니다.

———

*   영국의 잉글랜드 서북부에 있는 주.
**   미국 동북부, 대서양 기슭에 있는 주.

그러고 나서 여자아이에게는 다정하게 캄파넬라의 옆자리를 가리켰습니다. 여자아이는 순순히 그 자리에 앉아 두 손을 꼭 맞잡았습니다.

"나는 큰누나 있는 곳으로 갈래."

이제 막 자리에 앉은 남자아이가 기묘한 표정으로 등대지기 맞은편에 앉은 청년에게 말했습니다. 청년은 아무 대꾸도 없이 슬픈 표정으로 곱슬곱슬하게 젖어있는 남자아이의 머리를 물끄러미 바라보았습니다. 그때 여자아이가 갑자기 얼굴을 두 손으로 가리더니 훌쩍훌쩍 울기 시작했습니다.

"아버지랑 기쿠요 누나는 아직 해야 할 일이 많단다. 그렇지만 곧 뒤따라오실 거야. 그보다 어머니가 얼마나 오래 기다리고 계셨을까? 우리 착한 다다시는 지금쯤 어떤 노래를 부르고 있을까 하면서 말이야. 눈 내리는 아침에는 다들 손에 손잡고 마당이며 덤불 숲을 빙글빙글 돌면서 놀고 있겠지 하고 생각하시면서, 애타게 기다리며 걱정하고 계셨을 거야. 그러니까- 얼른 가서 어머니를 뵈어야지.”

"하지만 나, 배에 타지 않았더라면 더 좋았을 텐데.”

"그래, 하지만 저기를 보렴. 어떠니? 저 멋진 강 말이야. 저곳은 우리가 여름 내내 〈반짝반짝 작은 별〉을 노래하며 쉴 때마다 창부-으로 희끗희끗 보이던 강이었어. 어때? 아름답지? 저렇게 밝게 빛나고 있잖아.”

울고 있던 누나도 손수건으로 눈물을 닦고 바깥을 바라보았습니다. 청년은 찬찬히 가르쳐주듯 가만히 남매에게 말했습니다.

"더는 슬퍼할 일이 아무것도 없어. 우리는 이렇게 아름다운 곳을 두루 여행하면서 곧 하느님이 계신 곳으로 갈 테니까. 그곳은 아주 환한 빛으로 빛나고 향기가 그윽하게 넘치며 훌륭한 사람들로 가득 찬 곳이야. 우리 대신 구경보트에 탄 사람들은 반드시 다들 구조되어서, 가슴을 졸이며 그들이 돌아오기를 기다리는 아버지나 어머니가 계신 자기 집으로 돌아갔을 거야. 자, 머지않아 도착할 테니까 기운 차리고 흥겹게 노래하면서 가자꾸나.”

남자아이의 젖은 까만 머리를 쓰다듬으며 남매를 위로하는 사이 청년의 낯빛이 점점 밝아졌습니다.

“당신들은 어디에서 왔습니까? 무슨 일이 있었는데요?”

등대지기가 이제야 좀 이해가 간다는 듯 청년에게 물었습니다. 청년은 희미하게 웃음을 띠었습니다.

“아, 빙산에 부딪혀서 배가 가라앉았지요. 이 아이들 아버지는 급한 볼일 때문에 두 달 전에 먼저 본국으로 돌아가셨고, 우리는 그 뒤에 출발했습니다. 저는 대학에 다니며 이 아이들의 가정 교사를 맡고 있었지요. 그런데 출발한 지 꼭 열이틀째 되는 날, 오늘인가 어제쯤일 거예요, 배가 빙산에 부딪혀 순식간에 기울어지더니 점점 가라앉기 시작했어요. 달빛이 어디선가 흐릿하게 비추기는 했지만 워낙 안개가 심하게 끼었지요. 게다가 구명보트는 좌현 쪽 절반이 망가졌기 때문에 사람들을 다 태울 수 없었어요. 그러는 동안에도 배는 가라앉았고 저는 어떻게든 이 아이들을 제발 보트에 태워달라고 목청껏 외쳤습니다. 가까이 있던 사람들은 금세 길을 열어주고 아이들을 위해 기도해 주었어요. 그렇지만 거기부터 보트까지 가는 도중에는 이 아이들보다 훨씬 더 어리고 연약한 아이들을 데리고 있는 부모들이 많았어요. 도저히 그들을 밀쳐낼 용기가 없었습니다. 그래도 저는 무슨 일이 있든지 이 아이들을 살리는 것이 의무라고 생각했고 앞쪽에 있는 아이들을 밀어젖히려고 했습니다. 하지만 한편으로는 그렇게까지 해서 목숨을 살리느니 이대로 다 함께 하느님 앞에 가는 것이 진정한 행복이라는 생각도 들더군요. 그러다가 또다시 하느님의 뜻을 거스르는 죄는 나 혼자 짊어지고라도 아이들을 아무쪼록 살려내야겠다고 마음먹었지요. 그렇지만 차마 그럴 수가 없었습니다. 아이들만 보트에 태우고는 미친 듯이 아이에게 키스를 보내는 어머니와 슬픔을 억누르며 고개를 돌리고 서있는 아버지의 모습을 지켜보자니, 그야말로 애간장이 끊어지는 듯했습니다. 그러는 동안 배는 쑥쑥 더 가라앉았기 때문에 저는 두 아이를 부둥켜안은 채 물에 떠 있을 수 있는 때까지 버티자고 단단히 마음먹고 배가 가라앉기를 기다렸습니다. 누가 던져주었는지 구명대가 하나 날아왔지만 그만 미끄러져서는 멀리 떠내려가 버렸어요. 나는 젖 먹던 힘을 다해 갑판 격자*를 떼어내어 아이들과 셋이서 거기에 꽉 매달렸습니다. 어디서인지 [약 두 글자 공백] 노랫소리가 들려왔습니다. 사람들은 누가 먼저랄 것도 없

---

* 선박이나 해양 구조물의 갑판에 설치되는 구조물.

이 입을 모아 자기 나라 말로 노래를 따라 불렀습니다. 그때 갑자기 고막을 때리는 소리가 났고, 드디어 소용돌이 속으로 휩쓸려 가는구나 생각하면서 아이들을 부둥켜 안았습니다. 정신을 잃었다가 깨어나 보니 여기에 와있더군요. 아이들 어머니는 재작년에 세상을 떠나셨습니다. 네, 구명보트에 탄 사람은 틀림없이 구조되었겠지요. 그도 그럴 것이 아주 노련한 선원들이 노를 저어 빠르게 가라앉는 배에서 멀리 떠났으니까요."

그때 나직하게 기도를 올리는 목소리가 들리고, 조반니와 캄파넬라는 여지껏 잊고 있던 여러 가지 일들이 떠올라 막연히 눈시울이 뜨거워졌습니다.

'아아, 그 넓은 바다는 태평양이 아니었을까? 빙산이 떠다니는 북쪽 끝 바다에서 누군가는 작은 배를 타고 바람이며 꽁꽁 얼어붙은 바닷물이며 격심한 추위와 싸우고 있어. 나는 그 사람들에게 정말이지 죄스럽고 미안한 마음이 들어. 그

리고 내가 어떻게 하면 그 사람들이 행복해질 수 있을까?'

조반니는 고개를 푹 수그린 채, 몹시 울적해졌습니다.

"행복이 무엇인지는 잘 모르겠습니다. 하지만 아무리 힘든 일이라도 그것이 진정 올바른 길을 걷는 중에 맞닥뜨리는 일이라면, 오르막이든 내리막이든 한 걸음 한 걸음은 전부 진정한 행복에 가까워지는 발걸음이겠지요."

등대지기가 청년을 위로했습니다.

"그렇습니다. 최고의 행복에 이르기 위해 극심한 슬픔을 겪어야 하는 것도 다 하느님의 뜻일 겁니다."

청년은 기도하듯 이렇게 호응했습니다.

그리고 남매는 피곤함에 지쳤는지 자리에 기대어 깊이 잠들었습니다. 좀 전까지 맨발이었던 발에는 어느새 하얗고 부드러운 신발이 신겨있었습니다.

덜커덩덜커덩! 기차는 눈부시게 빛나는 푸르스름한 강기슭으로 달려갔습니다. 건너편 창밖으로 보이는 들판은 마치 환등* 같았습니다. 들판에는 백 개인지 천 개인지 크고 작은 다양한 삼각표로 가득했고, 큼직한 삼각표 위에는 빨간 점을 찍은 측량 깃발도 보였습니다. 들판 저편 끝에는 헤아릴 수 없이 많은 삼각표가 잔뜩 모여 희뿌연 푸른 안개처럼 보였고, 그쪽에서인지 맞은쪽에서인지 이따금 다양한 모양의 희뿌연 봉화 연기 같은 것이 번갈아 연보랏빛 하늘 위로 피어올랐습니다. 티 없이 투명하고 깨끗한 바람은 장미꽃 향기로 가득했습니다.

"어때요? 이런 사과는 처음이지요?"

맞은편 자리에 앉은 등대지기가 어느새 황금색과 붉은색으로 아름답게 물든 큼직한 사과들을 무릎 위에 올려놓고 떨어뜨리지 않으려고 양

---

* 강한 불빛을 그림, 사진, 실물 따위에 비추어 반사광을 렌즈에 의해 확대해서 영사(映射)하는 조명 기구. 또는 그 불빛.

손으로 감싸고 있었습니다.

"오, 어디서 났어요? 훌륭하군요. 이 근방에서 이렇게 먹음직스러운 사과를 키워내는가요?"

청년은 진심으로 놀랐는지 눈을 가늘게 뜨고 고개를 갸웃하면서 등대지기가 양손으로 감싸고 있는 사과들을 유심히 바라봅니다.

"자, 어서 하나 드셔보세요. 사양하지 말고요."

청년은 사과를 하나 받아 들고 조반니와 캄파넬라가 있는 쪽을 얼핏 보았습니다.

"자, 저쪽에 앉은 도련님들, 어떻습니까? 하나 가져가세요."

조반니는 도련님이라는 말을 듣고 살짝 심사가 꼬여 대답하지 않고 있었지만, 캄파넬라는 고맙다는 인사를 잊지 않았습니다. 그러자 청년이 직접 사과를 하나씩 집어 두 소년에게 건네주었고, 이번에는 조반니도 일어서서 감사 인사를 했습니다.

그제야 겨우 두 손이 자유로워진 등대지기는

잠들어 있는 남매의 무릎 위에 사과를 하나씩 놓아주었습니다.

"고맙습니다. 이렇게 맛있는 사과는, 어디서 나는 것입니까?"

청년은 지그시 사과를 살펴보았습니다.

"이 부근에서도 물론 농사를 짓고 있지만, 대개는 탐스러운 열매가 저절로 열린답니다. 농사일도 별로 힘들지 않아요. 자기가 원하는 씨앗을 뿌려만 두면 저절로 쑥쑥 자라거든요. 태평양 연안에서 나는 쌀처럼 쌀에는 껍질도 없고 쌀알이 열 배나 크고 향도 좋답니다. 그런데 여러분이 지낼 곳은 농사를 짓지 않아요. 사과든 과자든 찌꺼기가 하나도 남지 않기 때문에 사람이 먹고 나면 모조리 미세한 향기가 되어 땀구멍으로 빠져나가거든요."

그때 갑자기 남자아이가 눈을 번쩍 뜨더니 말했습니다.

"나 방금 엄마 꿈을 꾸었어. 엄마가 멋진 찬장

이랑 책이 있는 곳에 있었는데, 나한테 손을 내밀고 생긋생긋 웃었어. 우리 엄마였어! '사과 주워드릴까요?' 하고 묻는데 눈이 떠졌어. 아, 여기는 아까 올라탄 기차 안이구나."

"저게 그 사과야. 이 아저씨가 주셨단다."

청년이 말했습니다.

"아저씨, 고맙습니다. 어라, 가오루 누나는 아직도 자고 있네. 내가 깨워야지. 누나, 이것 봐, 사과야, 사과. 일어나서 좀 봐."

여자아이는 웃으며 잠에서 깨더니 눈이 부신 듯 두 손으로 눈을 가렸다가 사과를 보았습니다. 남자아이는 마치 파이를 베어 무는 것처럼 사과를 먹고 있었습니다. 애써 깎은 예쁜 사과 껍질은 코르크 따개처럼 도르르 말려서는 바닥에 닿자마자 스르륵 잿빛으로 반짝이며 증발해 버렸습니다.

조반니와 캄파넬라는 사과를 조심조심 주머니에 넣었습니다.

강 저편 하류 기슭에 시퍼렇게 우거진 드넓은 숲에는 나뭇가지마다 새빨갛게 잘 익은 둥근 열매가 가득하고, 숲 한가운데에는 삼각표가 우뚝 높이 솟아 있었습니다. 숲속에서는 글로겐슈필*과 실로폰이 어우러져 말로 표현할 수 없는 아름다운 소리가 녹아드는 듯 가라앉는 듯 바람결에 실려왔습니다.

청년은 순간 오싹해져 몸을 떨었습니다.

잠자코 음악을 듣고 있자니 노란빛과 연두빛으로 환하게 빛나는 들판이나 양탄자 같은 것이 온통 사방에 펼쳐지고, 새하얀 촛농 같은 이슬이 태양 표면을 스쳐 지나가는 것 같았습니다.

"어머, 저 까마귀!······."

캄파넬라 옆에 앉은 가오루라는 여자아이가 외쳤습니다.

"까마귀가 아니야. 저건 다 까치야."

---

* 피아노 건반과 같은 배열의 금속 건반 타악기. 독일어로 글로겐슈필, 영어로 오케스트라 벨이라고도 부른다.

캄파넬라가 아무렇지도 않게 나무라듯 다그쳤기 때문에 조반니는 웃음이 나왔습니다. 여자아이는 겸연쩍은 듯했습니다. 강변의 희푸른 불빛 위에 검은 새들이 떼를 지어 잔뜩 줄지어 앉아 강이 뿜어내는 엷은 빛을 받고 있었습니다.

　　"까치가 맞네요. 머리 뒤쪽에 있는 털이 쭉 뻗어있는 걸 보니까."

　　청년은 어색한 분위기를 수습하려는 듯 말했습니다.

　　어느덧 건너편 푸른 숲속의 삼각표가 정면으로 보였습니다. 그때 기차 맨 뒤쪽에서 귀에 익은 [악 두 글자 공백] 찬송가 구절이 들려왔습니다. 꽤 많은 사람이 어울려 합창을 하는 듯했습니다. 청년은 낯빛이 확 창백해지더니 갑자기 일어나 뒤쪽으로 가려고 하다가 마음을 바꾸어 자리에 도로 앉았습니다. 가오루는 손수건으로 얼굴을 가리고 말았습니다. 조반니까지 괜스레 코가 시큰거렸습니다. 하지만 언제부터 누가 시작했는

지도 모르게 사람들이 노래를 따라부르자 노랫소리는 점점 뚜렷하고 커졌습니다. 조반니와 캄파넬라도 저도 모르게 노래를 따라 부르기 시작했습니다.

드디어 푸른 감람나무 숲이 하염없이 흐느끼며 잘 보이지 않는 반짝이는 은하수 너머 뒤쪽으로 서서히 물러나고, 숲속에서 흘러오던 수상쩍은 악기 소리도 기차 소리와 바람 소리에 무질러지더니 스르륵 희미해졌습니다.

"아, 저기 공작새가 있어."

"음, 무척이나 많아."

여자아이가 대답했습니다.

조반니는 작디작아져서 이제는 초록색 조개 단추처럼 보이는 숲 위에서 공작새가 사사삭 날개를 펴거나 접을 때 뿜어내는 희푸른 빛의 반사광을 보았습니다.

"아 맞다. 아까 공작 울음소리가 들렸어."

캄파넬라가 가오루에게 말했습니다.

"맞아, 확실히 서른 마리쯤 있었어. 하프 소리처럼 들린 것은 공작의 울음소리였어."

여자아이가 대답했습니다.

조반니는 갑자기 뭐라고 할 수 없는 슬픔에 사로잡혀 하마터면,

"캄파넬라, 여기 내려서 놀다가 가자"
하고 정색하고 말할 뻔했습니다.

강줄기는 둘로 갈라졌습니다. 새까만 섬 한복판에 높디높은 망루가 솟아있고, 그 위에 헐렁한 옷을 입고 빨간 모자를 쓴 남자가 서있었습니다. 두 손에 빨간 깃발과 파란 깃발을 들고 하늘을 올려다보며 신호를 보내고 있었습니다. 조반니가 지켜보고 있으려니까 빈번하게 빨간 깃발을 흔들던 그 사람은 갑자기 빨간 깃발을 감추듯 뒤로 숨기고 파란 깃발을 높이 높이 올리더니 마치 오케스트라의 지휘자처럼 힘차게 휘두르기 시작했습니다. 그러자 공중에서 쏴아쏴아 비가 내

리는 듯한 소리가 들리고, 무언가 새까만 덩어리가 몇 덩어리씩 강 건너편으로 대포알처럼 연달아 날아갔습니다. 조반니는 자기도 모르게 창문으로 몸을 반이나 내밀고 그쪽을 올려다보았습니다. 보랏빛으로 곱게 물든 광활한 하늘 아래를 실로 몇만 마리에 이르는 작은 새들이 무리에 무리를 지어 귀가 따갑게 울어대면서 날아갔습니다.

"새떼가 날아가고 있어."

조반니가 몸을 창밖으로 내밀고 말했습니다.

"어디?"

캄파넬라도 하늘을 보았습니다. 그때 헐렁한 옷을 입고 망루 위에 서있던 남자는 갑자기 빨간 깃발을 높이 올리고 미친 듯이 흔들어댔습니다. 그러자 새떼의 비행은 딱 멈추었고, 그와 동시에 '피샤앙' 하고 강 아래쪽에서 뭔가 찌그러지는 소리가 나더니 한동안 잠잠해졌습니다. 그런가 싶더니 빨간 모자를 쓴 신호수가 다시 파란 깃발을 흔들며 소리쳤습니다.

"자, 철새들아, 지금 날아가! 새들아, 지금 건너가라고!"

이렇게 말하는 소리가 똑똑하게 들렸습니다. 그 순간 몇만 마리에 이르는 새떼가 하늘을 곧장 가로질러 날아갔습니다. 조반니와 캄파넬라가 고개를 내밀고 있는 가운데 창으로 그 여자아이 역시 얼굴을 내밀고 귀여운 뺨을 반짝이면서 하늘을 올려다보았습니다.

"새가 정말 많아. 어머나, 하늘이 이렇게 아름다운 줄 몰랐어."

여자아이는 조반니에게 말을 걸었지만, 조반니는 마뜩치 않다는 듯 대꾸도 하지 않고 묵묵히 하늘을 바라보았습니다. 여자아이는 조그맣게 한숨을 내쉬더니 제자리로 돌아갔습니다. 캄파넬라는 안타까워하는 표정으로 안쪽으로 고개를 집어넣고 지도를 보았습니다.

"저 사람은 새에게 뭔가 가르쳐주고 있을까?"

여자아이가 캄파넬라에게 물었습니다.

"철새에게 신호를 보내고 있는 거야. 아마 어디선가 봉홧불을 피워 올리고 있기 때문이겠지."

캄파넬라가 약간 자신 없다는 목소리로 대답했습니다. 이윽고 기차 안이 잠잠해졌습니다. 조반니는 이제 얼굴을 들여놓고 싶었지만, 밝은 객실 안으로 얼굴을 들이밀기가 괴로워서 참기로 하고 나직하게 휘파람을 불었습니다.

'왜 계속 이렇게 슬픈 걸까. 마음을 좀 더 크고 곱게 써야 하는데. 저쪽 기슭 너머로 연기처럼 작고 파란 불이 보이는구나. 저것은 정말이지 조용하고 차가운 느낌이야. 저것을 바라보면서 마음을 가라앉혀야 해.'

조반니는 열이 나서 지끈거리는 머리를 두 손으로 누르고 기슭 너머를 보았습니다.

'아아, 언제까지나 언제까지나 나와 함께 갈 사람은 없는 것일까? 캄파넬라도 저 여자아이와 재미있게 이야기를 나누고 있어. 아, 정말 마음이

아프구나.'

　조반니의 눈에 눈물이 그렁그렁해져서, 은하수도 까마득히 멀어져 버린 듯 희미하고 부옇게 보일 뿐이었습니다.

　이제 기차는 강에서 점점 멀어져 벼랑 위를 지나갔습니다. 맞은편 기슭의 검은색 벼랑도 강을 따라 하류로 내려갈수록 점점 더 높아졌습니다. 얼핏 훌쩍 키가 큰 옥수수나무가 보였습니다. 돌돌 말린 옥수수 이파리 아래로 아름다운 초록색 커다란 꽃턱잎*이 붉은 수염을 뱉어냈고 진주 같은 알갱이도 드문드문 드러났습니다. 이윽고 옥수수는 점점 수가 불어나 벼랑과 선로 사이에 열병식을 하듯 줄지어 있었습니다. 조반니가 무의식적으로 창문 안으로 고개를 들이밀고 맞은편 창밖을 내다보니, 아름다운 하늘 벌판의 지평선 끝까지 키 큰 옥수수나무가 대지를 거의 뒤덮은

---

*　꽃이나 꽃차례를 감싸는 보호용 잎.

채 설렁설렁 바람에 흔들리고 있었고, 예쁘게 돌돌 말린 이파리 끝에는 마치 한낮의 햇빛을 듬뿍 빨아들인 다이아몬드 같은 이슬이 맺혀 빨강이랑 초록으로 활활 불타는 듯 반짝반짝 빛을 냈습니다.

"저건 옥수수잖아."

캄파넬라가 조반니에게 말했지단, 조반니는 좀처럼 기분이 나아지지 않았습니다. 그저 들판을 바라본 채

"그렇겠지"

하고 퉁명스럽게 대답했습니다.

그때 기차가 서서히 소리를 죽이며 몇몇 신호기와 선로 변환기의 불빛을 지나 조그만 정거장에 멈춰 섰습니다.

정면으로 보이는 파르스름한 시계는 정각 두 시를 가리키고, 바람도 잦아들고 기차도 움직이지 않는 한없이 조용한 들판에서 시계 추는 똑딱똑딱 정확하게 시간대로 움직였습니다.

시계추 소리가 끊어진 사이를 틈타 멀고 먼 들판 끝에서는 희미하디 희미한 선율이 실낱처럼 가느다랗게 흘러나왔습니다.

"〈신세계 교향곡〉*이네."

여자아이가 이쪽을 보면서 혼잣말처럼 낮은 소리로 말했습니다. 기차 안에서는 검은 옷을 입은 키 큰 청년은 물론 다른 사람들도 달콤한 꿈을 꾸고 있습니다.

'이렇게 평화롭고 아름다운 곳에서 나는 왜 좀 더 즐거워하지 못할까? 어째서 이렇게 나 혼자만 쓸쓸한 것일까? 하지만 캄파넬라도 정말 너무해. 나하고 기차를 탔으면서 저 여자아이하고만 이야기를 나누고 있어. 아아, 정말 가슴이 아프구나.'

조반니는 두 손으로 얼굴을 반쯤 가리고 건너편 창밖을 응시했습니다. 투명한 유리 피리 같은

---

* 체코 출신의 드보르자크가 1893년에 작곡한 교향곡 제9번의 제목으로 아메리카 대륙을 주제로 풀어냈다.

기적 소리가 울리고 기차는 천천히 움직이기 시작했습니다. 캄파넬라도 쓸쓸한 듯 휘파람으로 〈별자리 노래〉를 불었습니다.

"암요, 그렇지요. 이 근처는 아주 험준한 고원이니까요."

뒤쪽에서 나이가 지긋한 노인 같은 사람이 방금 잠에서 깨어난 것치고는 또랑또랑하게 이야기하는 소리가 들렸습니다.

"옥수수도 막대기로 60센티미터 깊이로 구덩이를 파고 씨를 뿌려야 싹이 난답니다."

"그렇습니까? 강까지 거리가 꽤 멀어서 그럴까요?"

"그렇지요, 그럼요. 강까지는 60미터에서 180미터쯤 되니까요. 게다가 험한 골짜기이기도 하고요."

'그래, 이곳은 콜로라도 고원 지대일거야.'

조반니는 문득 그렇게 생각했습니다. 캄파넬라는 여전히 쓸쓸하다는 듯 혼자 휘파람을 불고, 여자아이는 비단으로 감싼 사과 같은 얼굴빛으로 조반니와 같은 쪽을 바라보았습니다. 갑자기 옥수수가 사라지고 거대한 먹빛 들판이 드넓게 펼쳐졌습니다. 드디어 〈신세계 교향곡〉의 선율은 또렷하게 지평선 끝에서 들려오고, 시커먼 들판 한가운데 하얀 새 깃털을 머리에 꽂고 팔과 가슴에 잔뜩 돌 장식을 단 인디언 한 사람이 조그만 활에 화살을 끼운 채 쏜살같이 기차를 뒤쫓아 오는 것이었습니다.

"저런, 인디언이야. 인디언! 저기를 좀 봐."

검은 양복 차림의 청년도 눈을 떴습니다. 조반니와 캄파넬라도 벌떡 일어섰습니다.

"달려와요, 달려와, 우릴 쫓아오는 거겠죠."

"아니, 기차를 쫓아오는 것이 아니야. 사냥을 하거나 춤을 추고 있는 걸 거야."

청년은 자기가 지금 어디에 있는지 잊어버린 듯 주머니에 손을 넣고 일어서며 말했습니다.

인디언은 정말 춤을 추고 있는 것 같았습니다.

무엇보다 빨리 달린다고 하려면 발을 내딛는 방식이 더 야무지고 다부져야 할 것 같았습니다. 별안간 하얀 깃털이 앞으로 쓰러질 듯이 쏠리고 인디언은 딱 멈추어 선 채 재빨리 허공으로 활을 당겼습니다. 그러자 두루미 한 마리가 비트적비트적 퍼덕거리며 떨어졌고, 다시 달리기 시작한 인디언은 활짝 벌린 양팔로 두루미를 받아 안았습니다. 인디언은 유쾌한 듯 환하게 웃었습니다. 두루미를 들고 이쪽을 보는 인디언의 그림자도 점점 멀어지면서 작아졌고, 전봇대의 애자(碍子)*가 반짝반짝 연속으로 두 번인가 빛을 내더니 다시 옥수수밭이 펼쳐졌습니다. 저쪽 창을 내다보았더니 기차는 아찔하게 높은 벼랑 위를 달리고 있었고 벼랑 아래로는 폭이 넓고 환한 강이 흘러갔습니다.

"이쯤부터 내리막길을 달립니다. 어차피 단숨

---

* 송전선 등에서 전기를 절연하기 위해 이용되는 기구.

에 저 수면까지 내려갈 테니까 쉽지는 않을 거예요. 이렇게 경사가 급하기 때문에 저 너머에서 이쪽으로 오는 기차는 결코 없지요. 보세요, 벌써 점점 빨라지고 있지요?”

아까 본 그 노인의 목소리가 들렸습니다.

덜컹덜컹 덜컹덜컹.

기차는 내리막길을 달려갔습니다. 기차가 벼랑 끝자락 철로에 접어들 무렵에는 투명한 강물 덕분에 물속을 훤하게 들여다볼 수 있었습니다. 조반니는 차츰 마음이 밝아졌습니다. 기차가 아담한 오두막 옆을 지나가고 그 집 앞에 풀 죽은 아이가 이쪽을 바라보고 있을 때는 저도 모르게 후유 하는 소리가 나왔습니다.

기차는 쉬지 않고 아래로 내달렸습니다. 객실 안 손님들은 몸을 한껏 뒤쪽으로 젖힌 자세로 의자에 꼭 달라붙어 있었습니다. 조반니와 캄파넬라는 그만 함께 웃음을 터뜨렸습니다. 은하수는 이제까지 퍽이나 세차게 흘러온 듯, 기차 옆에 나란히 와 있었고, 때때로 빛을 내며 흘러갔습니다. 강가에는 발그스름한 패랭이꽃이 여기저기 피어 있었습니다. 기차는 드디어 안정을 되찾은 듯 느긋하게 천천히 달렸습니다.

강기슭 이편과 저편 벼랑에 별 모양과 곡괭이 모양이 그려진 깃발이 꽂혀있었습니다.

"저건 무슨 깃발일까?"

조반니가 겨우 입을 열었습니다.

"글쎄, 잘 모르겠어. 지도에도 나와있지 않은 걸. 저기, 철로 만든 배가 있어."

"그렇구나."

"다리를 놓고 있는 게 아닌가요?"

여자아이가 말했습니다.

"아, 저건 공병(工兵)* 부대의 깃발이야. 다리 놓는 훈련을 하는 중인가 봐. 하지만 군인들이 전혀 보이지 않아."

———
* 군대에서 토목공사 담당 병과.

그때 건너편 벼랑 가까이 하류 쪽 기슭에서 투명한 은하수의 강물이 번쩍 빛을 내며 기둥처럼 높이 솟구쳐 오르더니 우르릉쿵쿵 험악한 소리를 냈습니다.

"발파다, 발파!"

캄파넬라가 신이 나서 덩실거렸습니다.

물기둥 같은 것은 이제 보이지 않고, 커다란 연어와 송어가 허연 배를 번쩍번쩍 드러내고 공중으로 튀어 올랐다가 둥근 원을 그리고 다시 물속으로 떨어졌습니다. 조반니는 폴짝폴짝 뛰고 싶을 만큼 마음이 가벼워져서 말했습니다.

"하늘의 공병 부대야. 어때? 송어 같은 물고기가 이렇게나 높이 솟구쳐 올라왔잖아. 이토록 유쾌한 여행은 처음이야. 하하, 신난다!"

"저 송어는 가까이 가서 보면 이만했을 거야. 이 강물 속에는 물고기가 엄청나게 많구나."

"작은 물고기도 있을까?"

여자아이가 이야기에 끼어들었습니다.

"당연히 있을 거야. 큰 물고기가 있으니까 작은 물고기도 있겠지. 하지만 너무 멀어서 작은 물고기는 보이지 않아."

조반니는 울적한 기분을 다 떨쳐난 듯 활기찬 미소를 지으며 여자아이에게 대답했습니다.

"저건 분명히 쌍둥이별의 궁전일 거야."

남자아이가 갑자기 창밖을 가리키며 외쳤습니다.

오른쪽 나지막한 구릉 위에 수정으로 지은 듯한 궁전이 두 채 나란히 서 있었습니다

"쌍둥이별의 궁전이라니? 그게 뭔데?"

"예전에 엄마가 몇 번이나 말했어. 작은 수정으로 지은 궁전이 두 채 나란히 서 있다고 했으니까 저것이 틀림없을 거야."

"이야기 좀 해보렴. 쌍둥이별이 뭘 어쨌는데?"

"쌍둥이별이 들판으로 놀러 나갔다가 까마귀랑 싸웠잖아."

"그렇지 않아. 엄마가 얘기해줬는데, 하늘의

강가에서……"

"그다음에는 혜성이 휘이익 휘이익 소리를 내
면서 말했지?"

"아이참, 다다시, 그게 아니라, 그건 다른 얘기*
잖아."

"그러면 저기서 피리를 불고 있을까?"

"지금은 바다로 갔어."

"그렇지 않아. 바다에서 벌써 올라왔어."

"맞아, 맞아. 나도 알아, 내가 이야기해 줄게."

　건너편 강기슭이 갑자기 빨갛게 변했습니다.
버드나무도 다른 것들도 새까맣게 윤곽만 보이
고, 투명한 은하수의 물결도 가끔 얼핏얼핏 달군
바늘처럼 빨갛게 빛났습니다. 맞은편 기슭 쪽 들
판에는 새빨간 불이 하늘까지 타올라 검은 연기
가 높이 치솟았고, 연보랏빛 차가운 하늘마저 그

---

* 　미야자와 겐지의 또다른 작품 《쌍둥이별》을 가리킨다.

을려버릴 듯한 기세였습니다. 루비보다 빨갛고 투명하고 리튬보다 아름다운 그 불길은 취하기라도 한 듯 비틀비틀 타올랐습니다.

"저건 무슨 불꽃일까? 무얼 태워야 저렇게 빨갛게 빛나는 불길이 치솟는 거지?"

조반니가 말했습니다.

"전갈의 불이야."

캄파넬라가 지도에 고개를 파묻고 대답했습니다.

"어머, 전갈의 불이라면 나도 알아."

"전갈의 불이 뭔데?"

조반니가 물었습니다.

"전갈이 불에 타 죽었는데, 그 불이 여태껏 타고 있다고 아빠가 몇 번이나 말씀하셨어."

"전갈이라면 벌레잖아."

"맞아요. 전갈은 벌레지. 하지만 착한 벌레야."

"전갈은 착한 벌레가 아니야. 박물관에서 알코올에 담겨있는 걸 봤어. 꼬리에 이만한 갈고랑이가 있는데, 거기에 찔리면 죽는다고 선생님이 그러셨어."

"맞아. 그래도 착한 벌레야. 아빠가 그렇게 말씀하셨단 말이야. 옛날 발드라 들판*에 전갈 한마리가 작은 벌레를 잡아먹으며 살았대. 그런데 어느 날 족제비의 눈에 띄어 잡아먹힐 처지에 놓였대. 전갈은 걸음아 나 살려라 힘껏 도망쳤지만 아무래도 족제비에게 잡힐 것만 같았지. 그때 갑자기 눈앞에 우물이 나타나 전갈은 우물 속으로 뛰어들었어. 하지만 아무리 발버둥 쳐도 우물 밖으로 올라올 수 없었던 전갈은 우물물에 빠져 가라앉기 시작했어. 그때 전갈은 이렇게 기도했대.

'아아, 저는 이제까지 얼마나 많은 생물의 목숨을 무참하게 앗았는지 알 수 없습니다. 그러던 제가 족제비에게 잡아먹힐 처지가 되자 앞뒤 가리지 않고 필사적으로 도망쳤습니다. 하지만 결

---

* 미야자와 겐지가 만들어낸 상징적·환상적 공간.

국 이렇게 되어버렸습니다. 아아, 그 무엇도 기대할 수 없군요. 저는 왜 제 몸을 군말없이 족제비에게 내어주지 않았을까요? 그랬다면 족제비도 하루를 더 살았을 텐데요. 신이시여, 아무쪼록 제 진심을 살펴주십시오. 다음에는 이렇게 허무하게 생명을 잃지 않고 모두의 진실한 행복을 위해 제 몸을 내어주도록 해주십시오.'

이렇게 기도를 마치자 어느새 전갈의 몸이 새빨갛고 아름답게 불타올라 밤의 어둠을 비추었대. 아빠는 여전히 그 불이 타고 있다고 말씀하셨어. 저 불꽃이 바로 그거고."

"그래. 저기 좀 봐, 저쪽에 삼각표가 그야말로 전갈 모양으로 늘어서 있어."

조반니 눈에는 그 커다란 불꽃 건너편 삼각표 세 개가 마치 전갈의 앞다리처럼 보였고, 이쪽 삼각표 다섯 개는 전갈 꼬리와 갈고랑이처럼 보였습니다. 새빨갛고 근사한 전갈의 불꽃은 소리 없이 밝디밝게 타올랐습니다.

불덩이가 서서히 뒤쪽으로 지나감에 따라 사람들 귀에는 형용할 수 없을 만큼 활기차고 다양한 음악 소리와 휘파람 소리, 웅성거리는 소리가 들렸고, 코에는 풀꽃 향기가 맴돌았습니다. 아마도 멀지 않은 곳에 있는 마을에서 축제라도 열리고 있는 모양이었습니다.

"켄타우루스, 이슬을 내려라!"

이제껏 조반니 옆자리에서 잠들어 있던 남자아이가 건너편 창밖을 보면서 외쳤습니다.

아, 거기에는 짙푸른 가문비나무가 크리스마스트리같이 서 있고, 반딧불이 수천 마리를 한데 모아놓은 듯 꼬마전구가 수없이 빽빽하게 달려 있었습니다.

"아, 그렇지, 오늘 밤 켄타우루스 축제가 열리는 날이지?"

"응, 그러면 여기는 켄타우루스 마을이구나."

캄파넬라가 이어서 말했습니다.

[이하 원고지 한 장가량 공백]

"공 던지기를 하면 난 절대로 공을 놓치지 않을 거야."

남자아이가 뽐내듯 말했습니다.

"이제 곧 남십자역이야. 내릴 준비를 해야지."

청년이 남매에게 말했습니다.

"난 기차를 좀 더 탈 거야."

남자아이가 말했습니다. 캄파넬라 옆에 앉은 여자아이는 머뭇머뭇 일어나 기차에서 내릴 채비를 시작했지만, 그 아이도 조반니 일행과 헤어지기 싫은 눈치였습니다.

"여기서 내려야 해."

청년은 입을 꽉 다물고 남자아이에게 엄하게 말했습니다.

"내리기 싫어. 난 좀 더 기차를 타고 갈 거야."

조반니가 참다못해 말했습니다.

"우리랑 함께 타고 가자. 우리는 어디까지든 갈 수 있는 표가 있거든."

"하지만 우리는 여기서 내려야 해. 여기가 하

늘나라로 가는 곳이니까."

여자아이가 서운한 기색을 내비치며 말했습니다.

"하늘나라에 꼭 가지 않아도 상관없잖아. 선생님은 이 세상을 하늘나라보다 훨씬 살기 좋은 곳으로 만들어야 된다고 하셨어."

"그렇지만 엄마도 그곳에 있고, 하느님도 그곳으로 오라고 말씀하셨는걸."

"그런 하느님은 가짜 하느님이야."

"네가 말하는 하느님이야말로 가짜 하느님이겠지."

"그렇지 않아."

청년은 웃으면서 조반니에게 물었습니다.

"네가 말하는 하느님은 어떤 하느님이니?"

"사실은 잘 몰라요. 하지만 진짜 하느님은 단한 분뿐인 하느님이에요."

"물론 진정한 하느님은 오직 한 분이지."

"아아, 그게 아니라 단 한 분뿐인 참되고 참된

하느님 말이에요.”

"그래, 알겠다. 머지않아 네가 말한 진짜 하느님 앞에서 우리가 만날 수 있기를 기도할게."

청년은 경건하게 두 손을 모았습니다. 여자아이도 청년을 따라 두 손을 모았습니다. 다들 헤어지기 아쉬운 듯 얼굴빛까지 창백해졌습니다. 조반니는 하마터면 소리 내어 울 뻔했습니다.

"자, 준비는 다 되었니? 곧 남십자역에 도착할 거야."

바로 그때였습니다. 투명한 하늘의 강 멀리 하류에 파랑이랑 주황이랑 온갖 빛깔로 휘감은 십자가가 마치 한 그루 나무처럼 강 한가운데 우뚝 서서 빛났고, 십자가 위에는 푸르스름한 구름이 고리 모양의 후광처럼 걸려있었습니다. 기차 안이 웅성거렸습니다. 다들 저 북십자역을 찾았을 때처럼 곧바로 일어서서 기도하기 시작했습니다. 아이들이 참외를 맛있게 한입 베어 물었을 때 같은 기쁨의 환성이 들리는 한편, 뭐라고 표현할 수 없는 깊고 근엄한 한숨 소리가 여기저기서 들렸습니다. 십자가는 점점 창문 정면으로 다가왔고 사과의 과육처럼 노르스름하고 희뿌연 고리 모양의 구름이 느리게 느리게 회전하는 것이 보였습니다.

"할렐루야! 할렐루야!"

경쾌하고 즐거운 목소리가 울려 퍼졌고, 하늘 저 먼 곳, 차가운 하늘 저 먼 곳에서 이루 말할 수 없이 상쾌하고 맑은 나팔 소리가 들려왔습니다. 기차는 신호와 전등 불빛이 가득한 곳을 천천히 달리다가 십자가의 정면 맞은편에 이르러 멈춰섰습니다.

"자, 내리자."

청년은 남자아이 손을 붙잡고 출구 쪽으로 걸어갔습니다.

"안녕."

여자아이가 뒤를 돌아보고 손을 흔들며 조반니와 캄파넬라에게 인사했습니다.

"잘 가."

　조반니는 울음이 터지려는 것을 가까스로 참고 화가 난 듯 퉁명스럽게 말했습니다. 여자아이는 무척이나 가슴이 아픈 듯 눈을 크게 뜨고 이쪽을 한 번 돌아보고는 더는 아무 말 없이 나가버렸습니다. 기차 안은 절반 이상이나 자리가 비어버렸고, 갑자기 휑하고 쓸쓸해진 빈자리에는 바람이 후루루 불어왔습니다.

　밖을 보니 사람들이 얌전하게 줄을 서서 십자가 앞을 흐르는 은하수 강가에 무릎을 꿇고 있었습니다. 이윽고 성스럽고 흰옷을 입은 사람이 팔을 앞으로 뻗고 투명한 은하수를 건너오는 것이 보였습니다. 그렇지만 그때는 벌써 유리 호루라기를 부는 소리가 들렸고 기차가 움직이기 시작했습니다. 그러는 사이 은빛 안개가 강 아래에서 자욱하게 피어올라 아무것도 보이지 않았습니다. 다만 수많은 호두나무 이파리가 안개 속에서 눈부시게 반짝거렸고 황금빛 후광을 내뿜는 전기 다람쥐가 그 사이로 흘금흘금 귀여운 얼굴을 내밀고 있을 따름이었습니다.

그때 안개가 서서히 걷히기 시작했습니다. 어딘가로 이어진 길인 듯 작은 전등이 일렬로 서서 달려있는 큰길이 보였습니다. 그 길은 철로를 따라 기다랗게 뻗어있었습니다. 조반니와 캄파넬라가 전등 앞을 지나가자 콩색 전등 쿨빛은 마치 인사라도 하는 듯 깜빡였고, 두 사람이 지나갈 때 다시 켜졌습니다.

뒤를 돌아보았더니 십자가는 깨알처럼 작아져서 그대로 목에 걸어도 될 것 같았습니다. 여자아이와 청년은 아직도 하얀 물가에 무릎을 꿇고 있는지, 아니면 어느 방향에 있는지 알 수 없는 하늘나라로 갔는지, 주위가 흐릿하고 부연 탓에 제대로 알 수 없었습니다.

조반니가 아아 하고 깊은 한숨을 내쉬었습니다.

"캄파넬라, 다시 우리 둘만 남았구나. 어디까

지든 영원히 둘이서 함께 가자. 나도 다른 사람의 행복을 위해서라면 그 전갈처럼 내 몸이 백번 천번 불타버린다고 해도 개의치 않을 거야."

"응, 나도 그래."

캄파넬라의 눈에는 영롱한 눈물이 맺혀 있었습니다.

"그런데 진정한 행복이란 도대체 무엇일까?"

조반니가 말했습니다.

"나도 잘 모르겠어."

캄파넬라가 힘없이 말했습니다.

"우리 굳게 마음먹고 바르게 잘 살아보자."

조반니는 가슴이 벅차오를 만큼 새로운 힘이 솟아나는 듯 후우 하고 숨을 내쉬며 말했습니다.

"아, 저건 석탄 자루 성운*이야. 하늘에 난 구멍이지."

---

* 남십자성 자리에 있는 암흑성운으로 북반구에서는 거의 알려지지 않다가 1499년 스페인의 탐험가 빈센테 야녜즈 핀존 Vicente Yáñez Pinzón이 발견했다. 콜드웰 99라고도 불린다.

캄파넬라가 그쪽은 피하고 싶은 듯 주저하며 은하수의 한곳을 가리켰습니다. 조반니는 캄파넬라가 가리키는 쪽을 보고 움찔했습니다. 은하수 한곳에 시커먼 구멍이 뻥 뚫려있었습니다. 그 바닥이 얼마나 깊은지, 그 깊숙한 곳에 무엇이 있는지, 아무리 눈을 비비고 들여다보아도 아무것도 보이지 않고 그저 눈만 쿡쿡 쑤실 뿐이었습니다. 조반니가 말했습니다.

"저렇게 커다란 어둠 속이라도 이제는 무섭지 않아. 반드시 모든 이의 진정한 행복을 찾고야 말겠어. 우리는 어디까지든 끝까지 함께 가자."

"그래, 반드시 찾아 나서자. 아, 저 들판은 어쩜 저렇게도 아름다울까? 다들 모여 있구나. 저곳이 진정한 하늘나라야. 앗, 저기에 우리 엄마가 있어!"

캄파넬라가 갑자기 창문 너머 멀리 내다보이는 들판을 가리키며 소리쳤습니다.

조반니도 그쪽을 보았지만 온통 희뿌옇게 연

기가 서려 있을 뿐, 아무리 애를 써도 캄파넬라가 말한 풍경을 찾아볼 수 없었습니다. 조반니가 뭐라 표현하기 어려운 쓸쓸한 기분이 들어 저쪽을 멍하니 바라보고 있자니, 맞은편 기슭에 붉은 가로대를 잇대어 놓아 서로 팔짱을 끼고 있는 듯한 전봇대 두 개가 보였습니다.

"캄파넬라, 우리 함께 가자, 응?"

조반니가 이렇게 말하면서 뒤를 돌아보았지만 방금 전까지 캄파넬라가 앉아있던 자리에 캄파넬라의 모습은 보이지 않고 의자의 검은 우단천만 반짝거리고 있었습니다. 조반니는 총알처럼 벌떡 일어서서 창밖으로 몸을 내밀고 힘껏 가슴을 치면서 아무한테도 들리지 않도록 고함을 질러댔고 마침내 목청껏 울기 시작했습니다. 순식간에 주위가 온통 어둠에 휩싸인 듯 느껴졌습니다.

조반니는 눈을 떴습니다. 언덕 꼭대기 풀밭에

녹초가 된 몸으로 잠들어 있었던 것입니다. 가슴은 어쩐지 이상하게 뜨거웠고 뺨에는 차가운 눈물이 흘러내렸습니다.

조반니는 용수철처럼 벌떡 일어났습니다. 아까와 다름없이 수많은 등불을 잔뜩 매단 마을은 빛으로 감싸여 있었지만, 불빛은 왠지 전보다 따뜻해 보였습니다. 방금 전에 꿈속에서 거닐었던 은하수도 여전히 하얗고 어렴풋하게 하늘에 걸려 있고, 새까만 남쪽 지평선 위가 유난히 연기를 피운 듯 부옇게 보이는데 그 오른쪽에서 전갈자리의 붉은 별이 아름답게 반짝이고 있습니다. 하늘 전체의 위치는 그리 달라지지 않은 것 같습니다.

조반니는 한달음에 언덕을 뛰어 내려왔습니다. 아직 저녁밥을 먹지 않고 자기를 기다리고 있을 어머니 생각이 벅차게 밀려왔던 것입니다. 검은 소나무 숲을 성큼 지나 희읍스름한 목장 울타리를 돌아 얼마 전에 들어갔던 입구를 통해 어두

컴컴한 외양간 앞으로 다시 왔습니다. 그곳에는 누군가 막 집에 돌아온 듯 아까는 보이지 않던 웬 통 두 개가 실린 수레가 한 대 서있었습니다.

"거기 누구 안 계세요?"

조반니가 소리쳤습니다.

"거, 누구요?"

두툼한 흰 바지를 입은 사람이 금방 얼굴을 내밀었습니다.

"무슨 일이냐?"

"오늘 우리 집에 우유 배달이 오지 않아서요."

"아, 미안하구나."

그 사람은 안쪽으로 들어가 금세 우유병 하나를 들고나와 조반니에게 건네주면서 다시 사과했습니다.

"정말 미안하다. 오늘 오후에 깜빡 잊어버리고 송아지 울타리를 열어놓았거든. 그랬더니 고놈이 그 길로 엄마 소한테 달려가 우유를 절반이나 먹어버렸지 뭐냐"

그 사람이 웃었습니다.

"그랬군요. 그러면 이제 가볼게요."

"그래. 살펴 가거라."

"안녕히 계세요."

조반니는 아직 따뜻한 우유병을 두 손바닥으로 감싸듯 들고 목장 울타리를 빠져나왔습니다.

얼마 동안 나무가 늘어선 길을 걷다가 마을을 지나 큰길로 접어들어 다시 얼마쯤 걸어가니까 사거리 갈림길이 나왔습니다. 오른쪽 큰길 외진 곳은 아까 캄파넬라와 친구들이 쥐참외 등불을 흘려보내려고 했던 강 쪽으로 이어졌는데, 강 위를 가로지르는 거대한 다리의 망루가 밤하늘에 희미하게 서있었습니다.

그런데 사거리 모퉁이 가게 앞에서 여자들 일고여덟 명쯤 모여 다리 쪽을 보면서 소곤소곤 이야기를 나누고 있었습니다. 다리 위는 알록달록한 등불로 빽빽했습니다.

조반니는 왠지 가슴이 싸늘하게 식는 느낌이

었습니다. 그래서 가까이 있는 사람들에게

　"무슨 일이 있었어요?"

하고 소리쳐 물었습니다.

　"아이가 물에 빠졌단다."

　한 사람이 말하자 사람들이 일제히 조반니 쪽을 돌아보았습니다. 조반니는 허둥지둥 다리를 향해 뛰어갔습니다. 다리 위에는 사람들이 빽빽하게 모여 있어 강물은 보이지 않았습니다. 하얀색 제복을 입은 순경도 나와있었습니다.

　조반니는 다리 옆쪽으로 날 듯이 달려 강바닥으로 내려갔습니다.

　강가 모래밭의 가장자리를 따라 수많은 불빛이 정신없이 오르락내리락했습니다. 건너편 기슭 어두운 둑에도 불빛 일고여덟 개가 흔들거렸습니다. 그 사이를 이제 쥐참외 등불의 불빛도 사라져버린 잿빛 강이 나지막하게 소리를 내며 고요하게 흘러갔습니다.

　강의 가장 하류 쪽 모래밭 가운데 모래톱처럼

튀어나온 곳에 사람들이 눈에 띌 만큼 새까맣게 무리를 지어있었습니다. 조반니도 그쪽으로 달려갑니다. 거기서 아까 캄파넬라와 함께 있던 마르소를 만났습니다. 마르소가 조반니에게 다가왔습니다.

"조반니, 캄파넬라가 강에 빠졌어."

"왜? 언제?"

"자넬리가 강물이 흐르는 곳으로 쥐참외 등불을 밀어주려고 하다가 배가 기우뚱하는 바람에 물에 빠졌거든. 그래서 캄파넬라가 곧바로 강에 뛰어들었어. 그러고는 자넬리를 배 위로 밀어 올려주었지. 자넬리는 가토가 잡아서 끌어 올렸고. 그런데 캄파넬라가 보이지 않는 거야."

"다들 찾고 있는 거지?"

"응, 다들 금방 와주었어. 캄파넬라 아버지도 오셨고. 하지만 찾을 수가 없어. 자넬리는 집으로 데려갔어."

조반니는 사람들이 모여있는 곳으로 갔습니

다. 거기에는 안색이 창백하고 턱이 뾰족한 캄파넬라의 아버지가 검은 옷을 입고 학생들과 마을 사람들에게 둘러싸인 채 똑바로 서서 오른손에 쥔 시계를 하염없이 보고 있었습니다.

다들 꿈쩍도 하지 않고 강물을 내려다보았습니다. 누구 하나 말을 꺼내는 사람이 없었습니다. 조반니는 다리가 후들후들 떨렸습니다. 물고기를 잡을 때 쓰는 아세틸렌 등불이 거칠게 오르락내리락하고, 검고 칙칙한 강물이 찰랑찰랑 잔물결을 일으키며 흘러갔습니다.

강 하류는 수면 가득 은하가 거대하게 비치는 덕분에 마치 물이 없는 하늘처럼 보였습니다.

조반니는 캄파넬라가 벌써 은하를 벗어난 저 너머로 가 있을 것만 같았습니다.

그렇지만 사람들은 아직도 어딘가 물결 사이로 캄파넬라가 얼굴을 쑥 내밀고,

"얼마나 오래 헤엄쳤는지 몰라요"

하며 불쑥 나타나거나, 아니면 어디인지 모르는

섬으로 표류해 누군가 와주기를 기다리고 있는 것만 같았습니다. 하지만 그때 캄파넬라의 아버지가 단호하게 말했습니다.

"이제 다 틀렸습니다. 강물에 빠진 지 벌써 사십오 분이나 지났는걸요."

조반니는 저도 모르게 캄파넬라의 아버지 앞으로 달려갔습니다.

'저는 캄파넬라가 간 곳을 알고 있어요. 캄파넬라와 함께 여행을 했어요.'

조반니는 이렇게 말하려고 했지만 목이 메어 한마디도 하지 못했습니다. 캄파넬라의 아버지는 조반니가 인사하러 왔다고 생각했는지 한동안 물끄러미 조반니를 바라보다가 친절한 목소리로 말했습니다.

"조반니구나, 잘 지냈니? 오늘 밤 와주어 고맙구나."

조반니는 입이 떨어지지 않아 그저 고개 숙여 인사했습니다.

"아버지는 돌아오셨니?"

캄파넬라의 아버지가 시계를 꼭 쥔 채 물었습니다.

"아니요."

조반니는 살짝 고개를 저었습니다.

"무슨 일일까? 나는 그저께 아주 반가운 소식을 받았는데 말이야. 오늘쯤이면 도착했어야 하는데 아무래도 배가 늦어지나 보다. 조반니, 내일 방과 후에 친구들과 우리 집에 들르렴."

이렇게 말하며 캄파넬라의 아버지는 은하가 가득 비치는 강 하류 쪽으로 시선을 돌렸습니다.

조반니는 온갖 생각으로 가슴이 뻐근해지는 바람에 말문이 막힌 채 캄파넬라의 아버지 곁을 떠났습니다. 얼른 어머니에게 우유를 가져다드리고 아버지가 돌아오신다는 소식을 알려야겠다고 생각하자 두 다리는 쏜살같이 강기슭을 올라 벌써 마을을 향해 달려가고 있었습니다.

옮긴이의 글

옛날에 일본인 지인이 시 한 편을 내민 적이 있습니다. 〈비에도 지지 않고 雨ニモマケズ〉였습니다. 묵직한 울림을 전해주는 시였습니다.

그 후 〈주문 많은 요리점〉을 읽었는데, 허둥지둥 서양 추종에 여념이 없는 근대 일본의 모습을 예리하고 흥미롭게 그려낸 비범한 작가라고 생각했습니다.

《은하철도의 밤》은 일본의 유명한 애니메이션 작품 〈은하철도 999〉에 모티브를 제공했다는 이야기만 들었을 뿐인데, 이 책의 번역을 의뢰받고 반가운 마음으로 제대로 읽어봤습니다. 번역은 꼼꼼히 읽는 일이기도 한데, 꼼꼼히 읽으면 독서의 즐거움이 배가한답니다.

미야자와 겐지 자신은 전당포를 운영하는 아버지와 대지주의 딸인 어머니 사이에서 부잣집 장남으로 태어났다고 합니다. 그가 태어난 땅 이와테는 가난하고 척박한 변경 지역이었습니다. 그는 가난한 사람들을 이용해 돈을 버는 가업을 싫어했습니다. 그는 불교와 기독교 같은 종교에 심취하면서 진정한 행복과 참다운 삶을 추구했습니다.

《은하철도의 밤》은 은하수가 무엇이냐고 선생님이 질문하는 장면으로 시작합니다. 첫 장면은 선생님이 은하를 가리켜 별의 집합이지만 물의 흐름이기도 하고 젖이라고 해도 좋다고 설명합니다. 마지막 장면은 강의 흐름에 은하가 비치는 가운데 조반니가 우유를 들고 달리기 시작합니다. 은하는 이 작품 전체를 관통해 흐르고 있는 듯합니다.

　은하수에 관한 물음은 세계에 관한 물음입니다. 말하자면 세계는 어떻게 생겨났고, 어떤 법칙으로 움직이고 있으며, 우주의 진리는 무엇인가 하는 근본적인 질문이자 인간에게 행복이란 무엇이냐 하는 궁극적인 물음입니다.

　이 작품은 현실 세계에서 꿈의 세계로 갔다가 다시 현실 세계로 돌아오는 구성으로 이루어져 있습니다. 주인공 소년 조반니는 집에서 병든 어머니를 보살피기 위해 노동하는 소년입니다. 그래서 학교에서는 외톨이이지요. 그는 은하철도의 여행을 통해 '진정한 행복이란 무엇인가?' 하는 질문과 마주합니다. 마치 우주에서 던진 듯한 이 질문은 묵묵하고도 힘 있게 독자에게 다가갑니다.

　은하철도의 여정을 통해 조반니는 노동이 얼마나 값진 것인지, 선의로 베푸는 행위가 얼마나 가치 있는지, 자기 희생이 얼마나 숭고한지를 배

웁니다. 조반니는 철도 체험을 거쳐 자신의 불행을 한탄하지 않고 앞을 향해 나아가는 정신을 익힐 수 있었습니다.

조반니는 몇 번이나 묻고 또 묻습니다. '진정한 행복이란 도대체 무엇일까?'

현대 사회의 행복은 물질적이고 경제적인 측면을 중시하는 경향이 있는데, 부유한 집안에서 태어난 데 죄의식을 느끼던 미야자와 겐지의 생각은 달랐습니다. 그에게 진정한 행복이란 단순히 개인의 행복이나 즐거움이 아니라 타인을 배려하고 타자를 위해 살아가는 일, 자기를 희생하는 마음을 통해 얻을 수 있는 심오하고 조용한 정신적 만족이었습니다.

이 작품에는 자기희생이 여러 번 나옵니다.

하나는 조반니의 친구 캄파넬라입니다. 캄파넬라는 인기 있는 우등생으로서 상냥하고 사려 깊은 소년입니다. 그는 강으로 몸을 던져 자넬리의 생명을 구했으나 자신은 돌아올 수 없는 사람이 됩니다. 목숨을 걸고 친구를 구한 그의 행동은 무엇보다도 자기보다 타인의 생명을 소중히 여기는 모습입니다. 캄파넬라는 진정한 행복이라는 작가의 가치관을 명징하게 체현한 인물입니다.

다음으로 기차를 탄 청년입니다. 사실 기차에 올라탄 청년과 남매는 이미 세상을 떠난 사람들입니다. 청년은 침몰하는 배에서 절실하게 남매의 목숨을 구하고 싶었습니다만, 차마 다른 사람을 밀어내면서까지 도울 수는 없었습니다. 오히려 세 사람이 조용히 신 앞으로 가는 것이 '진정한 행복'이라고 생각했습니다. 그야말로 '자기보다 타인을 생각하는 삶'이 아닐 수 없습니다. 사족이지만, 작중에 나오는 배는 1912년에 침몰한 타이타닉호가 모델이라고 합니다.

마지막으로 '전갈의 불' 이야기입니다. 벌레를 먹고 살아가던 전갈은 생명이 다할 때 다음에는 누군가에게 도움이 되고 싶다고 신에게 기도합니다. 이 기도가 하늘에 닿아 전갈은 밤하늘을 빨갛게 빛내는 별이 됩니다. 별이란 바로 남의 목숨을 빼앗아 살아가던 자신의 과오를 뉘우치고 타자를 위해 살아가고 싶다는 마음입니다. 나아가 계속 타오르는 불은 죽어도 사라지지 않는 생명을 상징합니다.

《은하철도의 밤》은 주인공 조반니가 은하철도를 타고 여행한다는 줄거리가 그다지 복잡하지 않은데도, 풍부한 상징과 이미지, 철학적 사색과 종교성을 띤 주제, 추상적인 서사 구성, 나아가 미완성 원고라는 점 때문에 쉽게 이해하기 어렵습니다. 한마디로 줄거리나 등장인물이 단순한 편이지만, 메타포가 풍부하고 추상성이 매우 높은 작품입니다.

이 작품은 환상적인 세계관과 현실이 교차하는 구조로 되어있고, 현실과 꿈, 삶과 죽음의 경계가 모호할 뿐 아니라 독자에게 직접 해답을 제시하지 않고 있지요. 행복을 추구하그 삶의 의미를 탐구하는 철학적 요소가 다분히 짙게 드리워 있는가 하면, 기독교의 구원, 불교의 자기 희생 같은 종교적 요소가 복잡하게 얽혀있습니다. 이러한 작품은 직감적으로 이해하기 어렵습니다.

또한 미야자와 겐지는 퇴고를 거듭하면서 원고와 씨름했습니다만 끝내 이 작품을 완성하지 못했지요. 원문을 보면 아시겠지만 도중에 문장이 빠져있기도 하답니다. 사정이 이러하니 아무래도 작품을 이해하는 일이 어려워질 수밖에 없겠지요.

미야자와 겐지는 시인이기도 합니다. 이 작품에도 시적 표현이 풍부합니다.《은하철도의 밤》을 만화로 그린 마스무라 히로시 작가도 곤혹스러운 부분이 많았다고 토로한 바 있습니다.

그뿐인가요. 동화풍의 문장은 간결하고 이해하기 쉬운 듯 보이지만, 은하 세계만큼이나 오묘한 의성의태어와 반복 어구를 한국어로 오롯이 옮기다 보면 어떻게 해야 할지 몰라 멍하니 모니터를 바라보고 있을 때가 자주 있었습니다.

그러나 관점을 달리하면, 이와 같은 난해함 때문에 이 작품은 문학과 언어에 섬세한 감각을 지닌 독자에게 행간과 행간 사이에 흐르는 희뿌연 은하수처럼 한없이 행복하고 즐거운 독서 체험을 안겨줄 것입니다.

《은하철도의 밤》은 우정과 헤어짐, 자기 희생, 삶의 의미를 깊이 있게 응시하는 환상적이고 철학적인 세계로 우리를 이끌어줍니다. 은하철도 여행에 나선 조반니와 함께 우리도 '진정한 행복이란 무엇인가'를 찾는 마음의 여행을 떠나면 어떨까요?

옮긴이 김경원

환상과 마법 06

은하철도의 밤

초판 1쇄 발행 2026년 4월 10일

지은이 미야자와 겐지
옮긴이 김경원
펴낸이 이혜경
기획 · 관리 김혜림
편집 변묘정, 박은서
디자인 이소정
마케팅 양예린

펴낸곳 니케북스
출판등록 2014년 4월 7일 제300-2014-102호
주소 서울시 종로구 새문안로 92 광화문 오피시아 1717호
전화 (02) 735-9515
팩스 (02) 6499-9518
전자우편 nikebooksnaver.com
블로그 blog.naver.com/nikebooks
페이스북 facebook.com/nikebooks
인스타그램 (니케북스) nike_books
        (니케주니어) nikebooks_junior

© 니케북스 2026

ISBN 979-11-94706-34-2 02830

김경원

서울대학 인문대학 국문과를 졸업하고 동 대학원에서 박사학위를 받았다. 일본 홋카이도대학 객원연구원을 지냈으며, 인하대 한국학연구소와 한양대 비교역사연구소에서 전임연구원을 역임했다. 동서문학상 평론부문 신인상을 수상하고 문학평론가로도 활동했으며, 현재는 한겨레교육문화센터에서 강의하고 있다. 저서로는 《국어 실력이 밥 먹여준다》(공저)가 있고, 역서로는 《가난뱅이의 역습》, 《문학가라는 병》, 《영국사 강의》, 《정정 가능성의 철학》, 《도련님》 등 다수가 있다.